蒙古英雄史诗诗学

巴·布林贝赫 著

陈岗龙 阿勒德尔图 玉兰 译

中国社会科学出版社

图书在版编目（CIP）数据

蒙古英雄史诗诗学／巴·布林贝赫著；陈岗龙等译.—北京：

中国社会科学出版社，2018.11

ISBN 978 - 7 - 5203 - 2926 - 2

Ⅰ.①蒙…　Ⅱ.①巴…　②陈…　Ⅲ.①蒙古族—英雄史诗—

诗学—研究—中国　Ⅳ.①I207.22

中国版本图书馆 CIP 数据核字（2018）第 172972 号

出 版 人	赵剑英	
责任编辑	张 林	刘健煊
责任校对	韩海超	
封面创意	宝尔金	
责任印制	戴 宽	

出　　版	中国社会科学出版社
社　　址	北京鼓楼西大街甲 158 号
邮　　编	100720
网　　址	http://www.csspw.cn
发 行 部	010 - 84083685
门 市 部	010 - 84029450
经　　销	新华书店及其他书店

印刷装订	北京君升印刷有限公司
版　　次	2018 年 11 月第 1 版
印　　次	2018 年 11 月第 1 次印刷

开　　本	710×1000　1/16
印　　张	19
字　　数	190 千字
定　　价	86.00 元

凡购买中国社会科学出版社图书，如有质量问题请与本社营销中心联系调换
电话:010 - 84083683

　　巴·布林贝赫，蒙古族著名诗人、学者、教育家。1928 年出生于内蒙古昭乌达盟巴林右旗。曾从军，1958 年调入内蒙古大学从事教学科研工作。2009 年在呼和浩特去世。他一生出版蒙汉文诗集十几种，学术著作数种。被公认为蒙古族现代诗歌的奠基人和蒙古诗学体系的开创者。四卷《巴·布林贝赫文存》是其主要著述的选集。

目　　录

巴·布林贝赫蒙古史诗诗学
思想之论演（代序）

朝戈金

巴·布林贝赫关于蒙古史诗诗学法则的总结，集中体现在其《蒙古英雄史诗诗学》一书中。概要地说，其诗学思想生发自对本土材料的熟稔和对西方诗学传统的融会贯通。在结构安排和论域展开上，该书充满原创性；在诗歌法则的总结上，则兼备细节上的精审和体系上的宏阔。作为一宗开创性的学术作品，该著从大处着眼，举重若轻，从史诗生成的社会历史背景到故事人物的形象塑造，以八章的篇幅完成了对蒙古英雄史诗诗学的体系化总结。

许多阅读过该书原著的学者都建议尽快将其汉译出版，以飨更多读者。不过，这部著作涉及的蒙古语文知识点甚广，汉译需要由精通蒙、汉两种文字且具备诗学素养的学者来承担。

因此，虽说前后有过几回翻译的动议，但具体工作却被长期搁置了下来。笔者曾不揣冒昧，将该书的"骏马形象"一章，以《蒙古英雄史诗中马文化及马形象的整一性》为标题，择其主要部分，翻译为汉文，发表在《民族文学研究》上，意在向汉语学界引介其中的文学形象研究的方法。如今，经过译者陈岗龙教授等的努力，该书以全貌呈现在汉语读者面前，一宗长久的心愿至此得以实现，令人深感欣慰。特撰此文，意在向作者表达敬意，向译者郑重致谢。

值巴·布林贝赫先生诞辰 90 周年之际，欣见集其史诗诗学思想之大成的专著《蒙古英雄史诗诗学》汉译本付梓。该著蒙古文版早在 21 年前便已出版①，作者正是由此创立了一种与众不同的诗学范式，该范式对推进诗歌研究和诗学建设，有多方面的参考价值。

一

巴·布林贝赫广有诗名。蒙古文学界一致认为，纳·赛音朝克图和巴·布林贝赫是 20 世纪中国蒙古新诗的两大奠基人。巴·布林贝赫的诗作，一向以语言考究、意境优美、意象隽永、激情澎湃见长。他的学术研究论文，也具有颇为相似的特点：

---

① 巴·布林贝赫著：《蒙古英雄史诗诗学》（蒙古文），内蒙古教育出版社 1997
年版。

词句极为考究，语言极为凝练、论见极为犀利、表达极为生动。读者往往会惊叹其以鲜活的形象化表述替代沉闷的抽象论说的本事。在这些学术著述里，诗人的形象思维方式与学者的理性思维方式，得到绝妙的统一。可以说，在当代蒙古文人学者圈子里，能够这样精审地使用语言，以形象的提炼和转喻，高度精妙地概括社会面相的，大概是无出其右的。

要想准确理解这部关于蒙古史诗诗学法则的著作，至少需要知晓他的另外一部诗论著作《蒙古诗歌美学论纲》（蒙古文）①。在这部同样极为简明的、被一些学者称为"第一部蒙古诗歌史"（乌日斯嘎拉教授语）的著作中，蒙古史诗是作为早期蒙古文学的典范被讨论的。关于史诗构造法则、艺术特征、审美倾向、程式属性、语词特点等，书中都有独到的总结。

回到这部《蒙古英雄史诗诗学》，笔者有一些想法愿意陈述于此，希望能多多少少有助于读者理解该书的主要特征和价值，虽然也知道，要达成这个目标实属不易。下面只能极为简要地为该著勾勒一个大致的轮廓。

作为一部诗学著作，《蒙古英雄史诗诗学》的结构和论域，会让熟悉一般诗学著作的人感到一点诧异。从亚里士多德和贺拉斯开始的西方诗学体系，在阐释文学与现实关系方面，在提炼作诗技艺方面，渐次形成了大致的论域系统，铺垫了后世长

---

① 巴·布林贝赫著：《蒙古诗歌美学论纲》（蒙古文），内蒙古人民出版社 1990年版。

期追随的范式。所以，看到本书的论域和章节安排，一定会产生与既往理论框架和预期不对位的感觉。不过在我看来，这正是该著作诸多原创性的一个方面。那么，本书的论域和结构安排，为什么会是今天大家看到的样子呢？这与作者对蒙古英雄史诗诗学的理论建构有独特的理解和体悟有关。作者在第一章"导论"中论述了作为特定社会历史现象的史诗所具有的三个主要属性：原始性、神圣性和范式性。在第七章"文化变迁中的史诗发展"中主要分析了社会生活的发展如何施加影响于史诗创编之上，使得形成于不同时代——生长期、发展期和衰落期的史诗，因此被赋予了各自时代的特色。这一前一后的关于社会历史背景上史诗的特质和形态的讨论，就为我们理解蒙古英雄史诗与社会历史的关联，营造了一个粗线条的，但仍不失为深具阐释力的框架。在这两章中，不断出现关于社会历史与口头艺术创作之间关联的论说，我们从中感到的是作者反复将文艺活动置于社会历史背景上进行分析和阐释的努力。该诗学著作的历史连续感和扎根生活实际的特色，正是因此才得以确立的。

　　从第二章"宇宙结构"开始，作者进入诗学内部要素的讨论。在作者的理解框架中，蒙古英雄史诗所展示的事件舞台，在时空上无限大，时间轴上可以上溯到宇宙形成之初，空间轴上可以贯通天界、人间和冥界，可以远到苍天所覆盖的大地的尽头。史诗所处理的艺术世界的规模，恰恰是史诗作为"重大

文类"（master genre）①　所应有的基本属性的一个环节。所以，
在诗学著作中，讨论史诗中上中下三界、时空、方位、数量等
概念，就是恰如其分的。作者用第三章、第四章、第五章共三
章的篇幅，分别讨论了史诗艺术中正方的白形象体系、反方的
黑形象体系和骏马形象。以往我们常见的，是关于史诗形象的
文学阐释，这里则展开讨论了形象构造的基本法则问题。在蒙
古英雄史诗的世界中，形态不外乎由一个二元对立的体系构成：
正方的白形象系列——英雄、战友、家人、国人等；反方的黑
形象系列——敌人（恶魔蟒古斯）、同伙、亲友、同类等。英雄
的坐骑和恶魔的坐骑则分别属于正、反两个系列。但因为骏马
形象在艺术上的特点非常鲜明和饱满，所以单独列出一章予以
讨论。在西方的诗学工具书中，一般都总结说，史诗主人公往
往是神、半神半人或是人间豪杰。对于作为英雄对立面的形象，
则所涉无多。在民间叙事样式中，形象塑造倾向于"偏平化"，
性格特征倾向于推向极致，对比手法倾向于反差分明，这应该
说是常见的现象。不过，如此提炼和总结蒙古英雄史诗的二元
对立结构，指出它是蒙古人将异己力量对象化和具象地抽象化，
从而以蟒古斯形象完成二元结构的论见，则是在既往的研究中
不曾有过的。特别应当提及的是，作者不仅从形态和现象上归
纳出这些形象的一般构造规律，还进而对这些形象的内在品质

①　"master genre"，我译为"重大文类"。见 John Miles Foley ed. *A Companion to Ancient Epic*, Blackwell Publishing, 2005, p. 1.

和属性进行了剖析，通过对神格与人格、共性与个性、高贵性与童稚性、纯真品性与暴烈习气等方面的深入解析，完成了超越具体故事的结构性的、规律性的概括。这个阐释框架，将成为今后相关研究的必由之路。

蒙古人历史上被称作"马背上的民族"。马匹无论是在日常生活中，在迁徙和征战中，还是在躲避和逃亡中，其作用都是无可替代的，因而在人们的心目中，马匹的地位也是极高的。虽然如此，一部诗学著述用专章来讨论一种家畜，笔者此前没有见过。在蒙古人的长期艺术创造活动中，马匹早就成为一种特殊的、复合性的、承载着多种含义并具有多重指代功能的形象了。一般而言，按照巴·布林贝赫的说法，蒙古英雄史诗中的英雄是人性和神性的统一，蟒古斯是人性和兽性的统一，只有骏马是神性、人性和兽性三者的统一体——预知福祸像神、口吐人言如人、吃草负重乃兽，一身而兼具多重属性。在蒙古人的审美世界中，只有骏马有此殊荣。因此，巴·布林贝赫在这里并不是心血来潮，由于特别喜爱骏马而专门设置篇章。在蒙古英雄史诗中，骏马往往有名字，出生有来历，在与英雄的关系中占据着特殊地位，扮演着不可或缺的角色，在推进故事情节的转折和发展上，发挥着重大的作用。在蒙古英雄史诗的诗学法则的讨论中缺少关于骏马的讨论，这是不可想象的。不过，把骏马形象在这样的深度上予以充分解析，却也是以往所没有的。作为蟒古斯恶魔的坐骑，以及英雄的骏马的对立物，具有反审美价值的驴子也被予以明晰的解析，从而使得关于骏马形象的分析，具有了更为宽阔的视域和更为多向的维度。说起本书的开创性探索，骏马形象的总结也是其中之一。

关于如何通过史诗演述体现蒙古人对自然的理解，或者换句话说，对"在蒙古英雄史诗中，人与自然的关系是怎样呈现的？"这一问题的提出和回答，构成了本书第六章的内容。巴·布林贝赫认为，人与自然的关系并不是简单的对立或顺应的关系，而是具有多个层面的、复杂的、深层的关系。在"心理化自然"状态，自然以人们希望的样子出现，于是，自然就是人们意念中的、理想中的自然，在这种状态中，人与自然的关系是和谐的。在"拟人化自然"层面，自然是按照人们自己的样子塑造的，于是，人与自然的关系就是模仿关系。在"超自然力量"层面，自然则被大大地夸张了，以极端变形的、幻化的方式出现。

本书的最末一章讨论了蒙古英雄史诗的意象、韵律和风格。这一章的内容与我们所熟知的诗学著作所关注的论题较为接近，但是，其中却不乏巴·布林贝赫不落窠臼的立意。这些新颖的观点没必要逐条罗列于此，但我特别想强调的一个论见是，在巴·布林贝赫看来，蒙古英雄史诗中存在大量抒情因素，而对抒情因素构成的程式性单元展开分析，就不能简单套用"母题"单元。在他建构的诗学体系中，最小的叙事单元是母题，最小的抒情单元是意象。他通过大量的事例，令人信服地证明，在那些抒情性的段落中，结构性的、程式性的表达单元，可以用意象作为最小的单元做出划分和分析。

对这部诗学著作的论域和结构的简要勾勒和粗浅评骘先到这里。我想说的是，作者遴选这几个话题展开讨论，并不是效仿了某个之前的范例或理论框架，而是在广泛的蒙古史诗阅读经验中，发现了这些环节和要素，并且认定在形成蒙古史诗基本特征和范式方面，这些环节和要素发挥了关键性的作用。所以，若要简单地概括该书在结构和论域方面的特点，我认为，这里所搭建的框架和展开的论题，就是构造蒙古英雄史诗的最基本的诗歌创编法则。营造场景和场域，描摹主人公和对手，设置各要素间关系，推进故事进展和场景转换，乃至搭建句子和段落，都遵循了这些法则。

二

可以想象，这部专著所使用的概念和术语，在迻译过程中一定让译者颇费心思。我这里只想强调一点，特定领域的理论和方法论方面的开拓性工作，往往会伴随着新术语体系的建立。那么，该著在整个蒙古史诗研究领域，处于什么样的位置，在整个中国史诗研究领域，处于什么样的位置，就需要有所铺陈。按我的理解，巴·布林贝赫诗学建构的意义，可以至少从以下几个方面去理解。

在蒙古文学研究领域，中国蒙古史诗的研究，起步比较晚。假如不把报刊上的一般介绍性文字考虑进去，则大体上较为系统的研究是在 20 世纪 80 年代才形成一定规模的。随着相关论文和著作的渐渐增多，在介绍和描述之外，一些学理性思考陆续出现在各类出版物上。与中国民间文艺学的理论趋向大致同步，中国的蒙古史诗研究也经历了从俄苏文论体系的巨大影响中慢慢走出来的过程。① 西方同行的成果令国人惊艳，也因此产生了一些趋之若鹜的情况。譬如，德国著名蒙古学家瓦尔特·海西希（Walther Heissig）所总结的蒙古史诗 14 个母题系列的学说，就引领了某种形式主义意味的研究潮流。巴·布林贝赫和宝音和西格教授合作，编辑了基于海西希母题系列的分析框架而形成的蒙古史诗选本和母题索引②，说明巴·布林贝赫对这个理论框架也是十分熟稔的。但在他自己的研究中，我们却看到了不同的景象。他并没有逆向地拆解史诗直至其构成单元，从而说明蒙古史诗的故事构造法则遵循了怎样的母题连接和组装顺序。相反，在他的诗学思想中，我们可以看到虽然痕迹不重但却是对古典诗学强调总结"作诗法"的回归倾向。他的诗学立场，隐然有一种立足民间诗人的意味。某些艺术现象的心理成因，也是他比较感兴趣的方面。于是，不单是"从外部"讨论现象和形式，而同时兼有"从内部"讨论成因的文字，就经常出现在他的笔下。虽然我反复强调过，他的诗学体系建构来自大量的材料和阅读经验，是"立足本民族"的。但他又从来不是一个关起门来只看自己民族材料的学人。在他的知识谱

---

　① 朝戈金编：《中国史诗学读本》，中国社会科学出版社 2013 年版。

　② 巴·布林贝赫、宝音和西格编：《蒙古英雄史诗选》（上下卷），内蒙古人民出版社 1988 年版。

系中，可以看到从亚里士多德到莱辛的印痕，也可以看到黑格尔《美学》和维科《新科学》的踪影。

在包括汉族和少数民族的文学研究领域，巴·布林贝赫的意义，还可以从如下方面理解：其一，如何牢牢立足本土材料，从中发现规律，尽力避免理论视阈上的狭窄和近视导致的裹足不前和缺少理论锐气，而是博采众长，取精用弘，游刃有余地处理本土材料，并充满自信地提出理论总结。可以说，在中华人民共和国建立之后成长起来的一代少数民族学者群体中，他是这方面的一个表率。其二，新生代的史诗学者在口头诗学范式的影响之下，倾向于将口传史诗理解为一个演述传统、一个生活事件、一个有时会与仪式等活动同时发生的操演。于是，对特定文本的解析，以及对特定传承人和演述事件的自我设限，多少丧失了宏观地把握口头艺术一般规律的眼光。这样一来，从美学视角理解和阐释语言艺术的特征和规律的努力，就不大见得到了。对于史诗研究而言，这种对文学的、美学的、诗学的回归，具有很大的矫正作用。中国史诗研究的健康发展，离不开这种取向和维度的研究。其三，从文体和风格上说，巴·布林贝赫的这部诗学著作，开创了一种简明地、优雅地、诗意地讨论口头艺术的写作风格。不是匠气十足地亦步亦趋于某种写作格式，而是随着思绪的飘动，按照人的艺术精神的生发和活动状态，以诗歌般的语言极为精炼地概括艺术活动及其背后的动因和规律，这种写作姿态和气度，倒是显现出某种与古典学学者心意相通的地方。其四，优秀的人文学术成果的产出，离不开其生产者广博的人文素养和深湛的学术功力。假如有人对这一铁律表示怀疑，那么，巴·布林贝赫就是一个正面的例子。曾负责部队报纸编辑工作的他在不到三十岁时就能将一部东蒙书局出版的蒙文词典从头到尾背诵下来。这种远超同侪的蒙语语文能力，改变了他后来的人生道路——1958 年内蒙古大学成立，他被点名转业到蒙文系做教师。看看他在写作本书时引用的著述，就知道他的学术修养是涵盖着从蒙、藏、佛学知识到西方文艺理论经典的宽广谱系的，其间还体现出其对蒙古民间文化信手拈来的熟稔和从容——这些知识中的相当一部分，是不见诸文字文献的，没有丰富的蒙古文化体验，就不可能游刃有余地使用和阐释这些民间文化的材料。

三

巴·布林贝赫的诗学思想主要体现于其先后完成的《心声寻觅者的札记》（内蒙古人民出版社 1984 年版）、《蒙古诗歌美学论纲》（内蒙古人民出版社 1990 年版）、《蒙古英雄史诗诗学》（内蒙古教育出版社 1997 年版）和《直觉的诗学》（内蒙古人民出版社 2001 年版）等四种专著中。以上著作皆以蒙古文撰写，一同映射了巴·布林贝赫不断开拓的诗学探索之路。如果说，在诗歌创作方面，巴·布林贝赫是蒙古新文学（主要是新诗，尤其是母语写作）的奠基人的话，在蒙古诗学体系建设方面，他也同样是奠基人——他开创了结构完整、特色鲜明、立足本土、放眼世界的诗学格局。

> 乘故乡的风，听春天的喷泉，寻觅心声六十载；
>
> 驭命运之马，望英雄的星群，直觉诗学五十年。

　　这是笔者在巴·布林贝赫 2009 年辞世之际，用他的诗篇和著作名连缀而成的挽联，用以缅怀他一生的诗歌创作和诗学建设的卓越成果。从今天以后，无论蒙古诗学的探索朝着什么方向进发，巴·布林贝赫的诗学建树，都会是一个起点、一个标杆、一个巍然耸立着的"圆圆的山峰"①。

　　自《蒙古英雄史诗诗学》蒙古文版问世以来，其影响已渐及国内外。对于中国的蒙古史诗研究而言，巴·布林贝赫开创了一种有异于他人的、立足本土美学范式的诗歌理解方式。这种新研究范式已经产生了多方面的影响，当然目前还主要集中于用蒙古文撰写的学位论文和研究成果中。例如，我们从赛西雅拉图、却日勒扎布、陈岗龙、额尔敦巴雅尔等多位学者的专论或述评中，就能感受到他们对《蒙古英雄史诗诗学》的多方面肯定。② 本人拙著《口传史诗诗学：冉皮勒〈江格尔〉程式

---

　　① 《圆圆的山峰》是巴·布林贝赫家乡广为流传的歌曲的名字。它是 20 世纪 40 年代后期巴·布林贝赫根据一首民歌的旋律另外作词而成的，后流行甚广。在 1949 年由东北文协文工团出版，在内蒙古日报社出版发行部发行的《蒙古民歌集》中收录有这首歌。

　　② 满全著：《巴·布林贝赫研究》，内蒙古文化出版社 2016 年版。

句法研究》的结构和程式样例的遴选，也可视作对《蒙古英雄
史诗诗学》理论成果的某种接续和继承。就国际影响而言，蒙
古国的一些学者，原本对该书就不陌生。2017 年，作为在蒙古
国晚近出版的"中国蒙古学经典"学术文丛中的一种，《蒙古英
雄史诗诗学》的西里尔文版，由哈·苏格丽玛转写，蒙古国乌
兰巴托大学出版社出版，相信今后国际学界对此会有更多的借
鉴和引述。

　　该著的汉译本虽说延滞多年方得以面世，但无论就巴·布
林贝赫诗学思想在蒙古文学学术史上的地位而言，还是就中国
本土的史诗学理论建设而论，该著的学理价值在其进入汉语世
界后可望形成更广泛且更深入的讨论，也必将在中国文学之于
世界文学的大格局中留下其应有的轨迹。这是因为巴·布林贝
赫的这部史诗诗学著作，不仅对于史诗研究而言，具有经典和
示范意义；就一般的文学研究而言，其意义还在于如何在本土
传统与国际性的学术范式之间展开学理性对话，把特定文化传
统的知识体系与国际学术格局中那些分析性的、学科范式性的
成果熔铸为一个充满原创性思考的阐释体系。这种孜孜矻矻的
努力正是新时代中国少数民族文学研究应当发扬蹈厉的学术
自觉。

序

20 世纪 80 年代末，本人在撰写拙著《蒙古诗歌美学论纲》中"英雄主义诗歌"部分时，曾经时不时生出新的想法和思路。当时想说的话很多，但是因为受到原文文体的限制，遗憾地放弃了很多内容。正是从那时起，我萌生了在蒙古人民的英雄史诗诗学方面撰文著书的想法。

我在这里所说的"诗学"（Poetics），不只是指关于诗歌的研究，而且是依照西方艺术理论传统，采用了其广义用法，就是以亚里士多德的《诗学》为源头的西方艺术史中的文学理论的总称，包含文学的性质、内容形式、目的功能、种类、创作理论等诸多内容。

英雄史诗被誉为蒙古民族社会生活的"百科全书"，自然是可以从语言历史、宗教、哲学、民俗等多个方面、多个层面去研究的。学界也一直在这么做。然而，英雄史诗终归是文学作品，这正是我将其归结为"蒙古民族语言艺术的经典样本"的原因所在。

　　蒙古英雄史诗诗学相关理论的归纳总结只有在英雄史诗的丰富资料及其文本研究的基础上方能实现。我在分析资料时，在顾其全局的前提下，尽可能地择取了保留其原本形态的古代经典文本（最初的记录和出版物）以及史诗艺人口头作品的科学记录。可惜的是仍有一些重要的史诗作品没有读到。卡尔梅克学者阿·科奇科夫整理的《江格尔》（两卷，共二十五章）就是一个典型的例子。"文化大革命"以前，因政治、学术的"左翼"氛围以及搜集整理者的专业能力的欠缺等原因，一些资料也存在学术价值较低的情况。

　　当然，在撰写《蒙古英雄史诗诗学》的过程中遇到的问题不只在于如何搜集资料，更在于如何阐释资料。我谨以书中的八章作为对资料的理论化阐释的"德吉（精华）"，献给各位专家学者。

巴·布林贝赫

第 一 章

导　论

一 史诗是属于特定历史范畴的文学现象

史诗是属于特定历史范畴的文学现象。原始史诗萌芽产生于原始社会的晚期。与人类神话思维有关联的社会与自然、人与动物的原初结合，艺术与宗教、哲学和伦理的复合性，客观现实与幻想世界的最初结缘都在史诗中得到了不同程度的反映。史诗大体上分为创世史诗和英雄史诗。从世界各民族的文学发展史来看，史诗大致都是按照神话、创世史诗、英雄史诗的顺序发展的。原始史诗大约是在神话的发达阶段萌芽并在神话的衰落阶段进入了繁荣时期。

从发生学的角度看，英雄史诗是"英雄时代"的产物。军事民主制正好相当于这个阶段，这是从氏族制度向阶级社会和国家过渡的一种社会制度形式，它一方面要完成组织战争的使命，另一方面还要坚持某种程度的氏族民主原则。这一时期，战争是全氏族部落的日常劳作任务，为崇信武力的精神意识的形成提供了社会条件。如果说人类对神话进行了没有艺术自觉的加工，那么对英雄史诗则已经进行了带有共同体意识的加工；如果说从人、神到自然现象、野兽禽鸟都可以成为神话中的主人公，那么在英雄史诗中基本上是人（包括按照人类创造的神）成了史诗主人公。黑格尔在其巨著《美学》中论述正式史诗的时候认为，史诗就是一个民族的"传奇故事""书"或"圣经"，史诗表现的是全民族的原始精神和意识基础。① 美国符号美学家苏珊·朗格论述道："史诗……是文学出现之前的诗。它是所有诗歌类型的伟大母亲。艺术的各种手法都或早或迟地——但绝不是同时地——出现在史诗中。"②

氏族贵族的膨胀和氏族制度的解体、阶级的分化和国家的发育，这一切为史诗的发展提供了新的社会历史条件。世界上还有许多史诗起源、形成于封建社会阶段。譬如说，法国的《罗兰之歌》、德国的《尼伯龙根之歌》、俄罗斯的《伊戈尔远征记》等都属于这种情况。除此之外，还出现了文人的模仿史诗。

但是，"正式史诗"形成的社会历史和心理条件在现代社会已经不复存在了。正如卡尔·马克思论述的："就某些艺术形式，例如史诗来说，甚至谁都承认：当艺术生产一旦作为艺术生产出现，它们就再不能以那种在世界史上划时代的、古典的形式创造出来。因此，在艺术本身的领域内，某些有重大意义的艺术形式只有在艺术发展的不发达阶段上才是可能的。"③ 因为黑格尔早已经指出，"（至于近代）缺乏产生史诗的那种原始

---

① 黑格尔著：《美学》第三卷，下册，朱光潜译，商务印书馆 1981 年版，第 108 页。

② 苏珊·朗格著：《情感与形式》，刘大基、傅志强译，中国社会科学出版社 1986 年版，第 352 页。

③ 《马克思恩格斯选集》第二卷，人民出版社 1972 年版，第 113 页。

的诗的世界情况"。① 有的人把 20 世纪初的革命运动题材作品
（著名史诗艺人演唱的作品另当别论）当作蒙古英雄史诗发展阶
段中出现的作品，这实际上是并不符合古典史诗学的理论和知
识的。

　　蒙古民族有丰富的英雄史诗遗产。纵向看，可以分为原始
史诗、完整史诗和变异史诗；横向看，可以分为卫拉特—卡尔
梅克史诗、巴尔虎—布里亚特史诗、喀尔喀—科尔沁史诗等不
同地域、部落的史诗。从地域、部落的不同美学特征来看，以
《阿拜—格斯尔—胡博衮》为代表的布里亚特史诗明显保留了狩
猎文化、萨满教影响和神话痕迹等远古特征；以《江格尔》为
代表的卫拉特史诗不同程度地反映了游牧文化和萨满教与佛教
的影响，进一步发展和完善了蒙古英雄史诗的古典美的形式；
而科尔沁史诗则渗透了农业文化的影响，不同程度地吸收了本
子故事②和胡仁乌力格尔的特色，奏响了蒙古英雄史诗的谢
幕曲。

　　粗野的狩猎、游牧，定居的农业文化（这里狩猎、游牧文
化形态占主导地位）和萨满教与佛教的影响在英雄史诗发展的
不同阶段为其提供了不同的背景、社会条件基础并在英雄史诗

---

　　①　黑格尔著：《美学》第三卷，下册，朱光潜译，商务印书馆 1981 年版，第
167 页。

　　②　本子故事，蒙古语为 bensen üliger，是内蒙古东部蒙古族民间的一种说唱文
学形式，主要以四胡伴奏用蒙古语说唱根据汉语章回小说编译的历史题材故事。"本
子"指汉语小说蒙古文译本抄本。

中得到了反映。

作为蒙古民族语言艺术经典形式的蒙古英雄史诗同时包含了诗歌的抒情、小说的叙事和戏剧的冲突，这无疑对后来的文学发展产生了重大影响。蒙古英雄史诗显然成为蒙古民族第一部书面经典《蒙古秘史》的艺术土壤和宝库。《蒙古秘史》不仅继承了史诗的一些基本母题、史诗的主题、史诗精神（譬如英雄主义、武力崇拜、安达的义气、部落联盟、野蛮好战的氛围）等，还明显传承了史诗中出现的艺术原型（英雄手握血块诞生、感光受孕或者履迹受孕）以及格律等。

蒙古民族不同氏族部落、不同地域的英雄史诗在整体上有以下三个基本特征。

二　神圣性

蒙古英雄史诗作为蒙古民族的神奇传记、族群伟业和荣誉的口碑和珍贵的遗嘱①，具有不可侵犯的神圣性。这些体现在史诗的起源和创编，史诗艺人的灵感、艺术冲动和神灵附体、史诗的储备传统、史诗艺人的演唱、史诗的社会功能等方面。

首先，人们认为史诗歌手是在某种非常情况下受到神秘力量的启发才有了创编史诗的灵感和艺术冲动。这正好与柏拉图认为"诗人并非借自己的力量在无知无觉中说出那些珍贵的词

---

① 俄罗斯著名蒙古学家鲍·雅·符拉基米尔佐夫的话。

句，而是由神凭附着来向人说话。……诗人的创作过程是神的操纵过程。神力凭附在诗人身上，把启示、灵感输送给诗人，使其陷入如醉如痴的迷狂状态"① 的观点很相似。

鲍·雅·符拉基米尔佐夫在 1923 年写的一篇论文中记载：卫拉特有一位著名史诗艺人名叫额东·关其格，他小时候经常放羊。有一年夏天，有一位乘龙的巨人来到他身边，问他："你喜不喜欢学英雄史诗？"他回答巨人说："我一直渴望学唱史诗。"巨人对他说："你如果把那只大山羊献给龙王，我就教给你各种史诗。"说完，巨人捶打了一下他的肩膀就不见了。等额东·关其格回过神来，巨人早已不见，而且有一匹狼正在吃他的那只大山羊。从此以后，额东·关其格成了著名的史诗艺人，传说，他演唱史诗的才华就是龙王赐给他的。② 博尔多克夫（A. B. Бурдуков）在其《卫拉特—卡尔梅克的史诗艺人们》中也记载了同样的传说。③

关于史诗［布里亚特语中称为"乌力格尔"（üliger）］的起源，布里亚特民间也有这样的传说："乌力格尔是上天赐给诗人的。在萨彦岭的蓝色山坡上，从天上传来美妙的声音，传来演唱乌力格尔的声音。于是，一位女诗人记下了这首乌力格尔，

---

① 柏拉图著：《柏拉图文艺对话集》，朱光潜译，人民文学出版社 1959 年版，第 8 页。

② 乌·扎格德苏伦主编，罗布桑巴拉丹编辑：《蒙古英雄史诗论》（基里尔蒙古文），蒙古人民共和国科学院出版社 1966 年版，第 63 页。

③ 同上书，第 83—84 页。

并传授给了布里亚特的史诗艺人们。"① 扎木苏荣·策旺指出，布里亚特的不少史诗艺人同时也是萨满。由此可见，在早期，史诗艺人与萨满之间、演唱史诗与民俗仪式之间都曾经有过某种联系。在蟒古思故事（科尔沁史诗）广泛流传的科尔沁的朝尔奇、胡尔奇身上也经常见到这种现象："色楞先生讲述蟒古思的时候会兴奋得发狂。一开始进入状态就像萨满神灵附身一样身不由己地进入癫狂状态。"② 这些都反映了史诗艺人的艺术冲动和神灵附体。

乌梁海的史诗艺人们非常敬重托布秀尔③。他们认为，学唱史诗需要某种神秘力量的帮助，而托布秀尔在获得这种神秘力量帮助的过程中发挥了重要作用。因此，请史诗艺人演唱史诗的家庭，首先要把托布秀尔用专门的布包好后，提前请到家中来，放在最尊贵的位置。演唱完史诗以后的三天或七天之内，人们不能再碰托布秀尔。用跑得快的种马的尾巴作托布秀尔的琴弦。请托布秀尔的家庭要赠送史诗艺人布匹和整块砖茶，还要在托布秀尔的琴首或弦轴上系上白布。这些已经是民俗性质的仪式了。

人们在演唱崇高的史诗的时候，总是坚持其不可侵犯的神

---

① 乌·扎格德苏伦主编，罗布桑巴拉丹编辑：《蒙古英雄史诗论》（基里尔蒙古文），蒙古人民共和国科学院出版社 1966 年版，第 113—114 页。

② 色楞演唱，瓦尔特·海西希、法伊特、尼玛记录整理：《阿拉坦嘎拉巴汗》（蒙古文），内蒙古文化出版社 1988 年版，后记。

③ 托布秀尔，演唱史诗的伴奏乐器。——译者注

圣性。史诗艺人们认为，"歪曲史诗主题是最大的罪过，歪曲史诗主题的人终究会受到惩罚"。[①] "必须尊重乌力格尔。因为乌力格尔里登场的英雄都不是水做的眼睛、血做的心脏的凡人，而是苍天有根的神灵。布里亚特萨满认为，乌力格尔的英雄们至今还活在我们身边。因此，演唱乌力格尔的时候如果说错或半途而废，演唱乌力格尔的史诗艺人就是在那些史诗英雄面前犯下错误。在古代，艺人'唱'史诗的时候会举行信仰性质的各种民俗仪式。譬如说，碗里盛奶放在蒙古包的顶上，给神点香，把碗倒扣，然后在门口撒灰以便查看有没有某种脚印从而判断有没有鬼神来听乌力格尔。除此之外，艺人不能白天演唱乌力格尔，必须在夜里演唱，而且只有在天上出现猎户星的月份才能演唱乌力格尔。"[②] 被誉为"史诗之王"的《汗哈冉惠》（汗哈冉惠一直与天神作对）有一个严格的禁忌，就是打雷下雨的时候艺人绝对不能演唱《汗哈冉惠》。[③] 这样的民俗也广泛流传在科尔沁和巴林等地。譬如说，请人诵读《格斯尔传》的时候要点佛灯、佛香并祈祷。

　　过去史诗（包括蟒古思故事）不能随便被演唱，而是人和牛羊遇到流行疾病的时候为了消灾、干旱的时候向天求雨或是为了出远门的人路途平安、狩猎的人打到更多的猎物、家庭吉

[①]　乌·扎格德苏伦主编，罗布桑巴拉丹编辑：《蒙古英雄史诗论》（基里尔蒙古文），蒙古人民共和国科学院出版社1966年版，第65页。

[②]　同上书，第113—114页。

[③]　《蒙古英雄史诗》（蒙古文），内蒙古教育出版社1988年版，序言，第39页。

祥幸福，人们才会请史诗艺人演唱史诗。

　　早期的时候，科尔沁的真正朝尔奇①除了专门演唱蟒古思故事外，严禁说唱本子故事和其他闲散故事。有必要请朝尔奇演唱蟒古思故事的时候，须由全村老人商量以后才去请朝尔奇。大家非常敬重请来的朝尔奇，会请朝尔奇坐在正北的尊贵位置，老人坐右侧，妇女坐左侧。

　　演唱史诗的活动因为关系到蒙古民族的宗教信仰与民俗，所以一直笼罩着神秘主义的雾霭。据蒙古国学者 J. 曹劳的记载，过去卫拉特史诗艺人所演唱的史诗的开篇段落中会夹杂着一些让人无法理解的特性修饰语。他问过蒙古国乌布苏省的史诗艺人奥·巴特这些诗句是什么意思，得到的回答是："史诗艺人也不知道这些专门的诗句到底是什么意思，史诗中专门表达明确敬意的部分就是这么传承下来的。"② 这种表达明确敬意的段落可能与古代的某种民俗有关系。我们从科尔沁的朝尔奇传统中也可以看到这一点。在科尔沁地区胡尔奇还不多的时候，朝尔奇主要分两种：一种是专门说唱蟒古思故事的受人尊敬的真正朝尔奇（史诗艺人）；另一种是用朝尔伴奏唱叙事民歌或者用朝尔③配乐的具有文艺工作者性质的朝尔奇。

　　真正的朝尔奇在演唱蟒古思故事之前，会首先叫主人打扫

---

　　① 朝尔奇，用朝尔伴奏演述史诗的艺人，主要分布于东部蒙古民间。——译者注
　　② 《蒙古英雄史诗》（蒙古文），内蒙古教育出版社 1988 年版，序言，第 39 页。
　　③ 朝尔，蒙古族民间乐器，马头琴的前身。——译者注

干净房屋，把朝尔放在正北的位置，并献"舒斯"（整羊），或者献其他食品的"德吉"①。有的朝尔奇还挂一种布上绘制的画像。这种画像上画的一般是头戴马头或者狼首帽子的年事已高的老奶奶。然后，朝尔奇就演唱《序诗》，即祝词或者祈祷词。朝尔奇演唱《序诗》的时候会先叫妇女、儿童回避，因为《序诗》中经常赤裸裸地描述一丝不挂的"毛斯"（女蟒古思）。这里以阿鲁科尔沁旗的胡尔奇巴拉丹演唱的《序诗》为例：

嘛，曤来②！嘛，曤来！

马肉舒斯

盛在银盘，

羊肉舒斯

摆在两边！

敬请大家认真听！

福分就要来到呀，

来到呀，来到呀！（众人跟着唱和）

嘛，现在好好瞧！

接着就要出事了！

拴着的狗开始吠叫，

---

① 德吉，指食品的头份，蒙古族食用食品之前将头份祭献给天地、祖先等。——译者注

② 曤来，蒙古语为 hurai hurai，蒙古族祭祀仪式中召唤福佑、好运的语气词。——译者注

奇怪的事就要发生了！

突然起了暴风雪，

快要把毡包吹走了！

猎狗狂叫不停，

可怕的暴风雪来了！

天上的星星瑟瑟发抖，

可怕的寒冷来到了！

大地开始震动了，

世界开始摇晃了，

黑洞洞的山沟里，

可恶的毛斯起来了！

两眼闪闪发光，

像夜里的星星，

赤裸裸的女蟒古思，

一丝不挂地出来了！

裸露着硕大的乳房，

踩着山头站起来了！

敞开着巨大的阴户，

向着南边站起来了！

众多的蟒古思孩子，

母亲脚下跑来跑去。

啊嘿！嚾来！

嘛嘿！嚾来！

（听众跟着唱"嚯来！嚯来！"）

该《序诗》的结尾有赞颂女蟒古思阴户的内容。科尔沁的朝尔奇巴拉吉尼玛、扎鲁特的胡尔奇扎那等在演唱史诗之前也都演唱这种《序诗》，因此这并不是偶然现象。①

从上面的内容看，今天我们虽然很难解释史诗中为什么崇拜和赞美敌方女性，即女蟒古思，但是我们明显可以感觉到其中的生殖崇拜意识和民俗仪式，它们也反映了这种《序诗》的原始性。在蒙古民族中流传的地母"艾土干"的传说、最早的萨满——女萨满的信仰，《江格尔》史诗中时常出现的黄脸搅水女人、白脸占卜女人、黄脸女萨满、圣洁的白脸女萨满，甚至布里亚特《格斯尔》中的"满金—古如穆老奶奶"，蟒古思部落的"远方母亲"和"姐姐"等都是人和动物的创造者、具备各种神秘力量的非凡女性。从这里我们可以大致看出古代的神话思维、原始宗教意识、巫术原理以及民俗等与演唱史诗之间曾经有过什么样的关系。

正如上面讲过的，古人认为英雄史诗的起源与天龙、神灵有关，因此，人们会在传承和传播史诗的过程中，小心翼翼地守护史诗的基本主题和母题不可侵犯的神圣性，演唱史诗的时候举行和实践各种相关仪式，把史诗的社会功能与神秘的佑护

①　上面提到的相关民俗和《序诗》，主要根据作者在 20 世纪 50 年代的采访记录和录音资料。

联系起来思考，所有这些都反映了英雄史诗的神圣性。

过去曾经有一段时期，我们凭借着对社会粗浅的认识，不顾社会历史发展的阶段、文化精神的背景、经济形态的基础，只用是否具有"人民性"当作一切文学的评判标准，因此未能发掘和评判这些文学作品背后的文化精神内涵、心理前提、美学追求、宗教信仰意识和民俗原理等。也正因为如此，未能充分发现蒙古英雄史诗的百科全书式的价值，这也是过去文学研究中的一大遗憾。

当然，我们还不能把上面提到的传说当作科学依据来进行研究，但是当作心理学的依据来讨论是正确无疑的。

三　原始性

学术界认为蒙古英雄史诗起源于 13 世纪之前的氏族社会末期或者稍后的军事封建社会阶段，并在封建社会时期达到了发展的高峰。蒙古民族的"正式史诗"（不是模仿史诗和文人创作的史诗）虽然是通过口头传承至今（语言的动态性不可能完全不影响母题和题材的稳定性），但是依托其不可侵犯的神圣性，其原始性一直被保存到了今天。这个特征体现在蒙古英雄史诗的基本母题、人物形象、原始宗教意识、原始思维等方面。

"婚姻"与"战争"是蒙古英雄史诗中百听不厌的永恒主题。史诗英雄们时时刻刻"嘴里说着：'征服的敌人何时遇见？狩猎的猎物何时碰到？'用强有力的手臂搜来搜去，盼着出征"。

蒙古英雄史诗中的战争不仅决定了整个部落的命运，而且也决定了史诗自身的艺术命运。因此，黑格尔在其《美学》中明确指出了"战争"是史诗的最佳场景，而且史诗的特性正好存在其中。① 如果没有征战、伟业、冒险，就不会有世界上所有的经典史诗。"战争"实际上是蒙古英雄史诗中史诗英雄日常生活的重要内容。卡尔·马克思在论述古代社会的时候讲道："战争就是每一个这种自然形成的共同体最原始的工作之一，既用以保护财产，又用以获得财产。"② 蒙古英雄史诗中反映的战争往往关系到全氏族、部落、部族的切身利益，因此史诗英雄（史诗中几乎没有不作战的英雄）作为全部落的共同体形象跃然出现在原始野蛮的战争舞台上。战争不仅关系到财产的获得和失去，而且关系到氏族部落的生存与发展、部落联盟与部族的形成、阶级的产生以及国家的发育（从氏族社会向阶级社会过渡的阶段）等等。男人在战争中展现威风，赢得荣誉，创立伟业，因此史诗英雄喊出了：

> 不就是一碗热血，
>
> 洒在哪座山坡上，
>
> 不都是一样吗？
>
> 不就是一具尸骨，

---

① 黑格尔著：《美学》第三卷，下册，朱光潜译，商务印书馆 1981 年版，第126 页。

② 马克思：《资本主义以前的经济形态》，人民出版社 1956 年版，第 27 页。

躺在哪座山坡上，

不都是一样吗？①

　　随着生产力的发展，蒙古人从原始宗教的长生天（蒙克—腾格里）分离出职业分工的腾格里天神，创造了"汗诺彦的守护神、庶民百姓的翁衮②崇拜、英雄好汉的领袖"的巴图尔—腾格里（英雄天神，也称作"巴图尔—查干—腾格里"），他领导了天上的军队，成为"勇武"和"战斗"的象征，受到了热烈推崇。该腾格里天神的产生反映了当时的社会需要和人们的精神追求。在原始社会，战争不仅仅在蒙古民族中有如此突出的地位，古希腊和古罗马的哲学著作更是高度评价了战争："战争是万物之父也是万王之王。"我们如果结合当时的社会发展阶段考量，不难理解这句话的意思。

　　和战争一样，"婚姻"也是蒙古英雄史诗的基本母题和原型，并一直传承到科尔沁史诗中。喀尔喀史诗中出现的家庭内部的斗争和女人背叛的情节可能是这个母题的异化形态。英雄史诗中的婚姻母题与英雄史诗起源的历史需求有关系。如果认为英雄史诗起源的时间是从氏族社会向阶级社会过渡的时期，

---

　　① 《江格尔》（蒙古文），内蒙古人民出版社 1958 年版，第 213 页。（原书引文中有错误或者有疑问的地方请参考阿·科齐克夫整理的 25 章本《江格尔》的 1978 年莫斯科版本和阿·太白转写成托忒文的《江格尔》新疆人民出版社 1964 年版本修改，附录在括号中。）——原注。

　　② 翁衮，蒙古语为 onggod，是蒙古族萨满教崇拜的对象，最初指祖先灵魂，后指萨满用毡子、布料等缝制或者用青铜铸造的神灵偶像。——译者注

那么婚姻母题无疑反映了这个历史过程。这个时期，"个体家庭已经形成为一种力量，以威胁的态度站到了氏族的对立面"①。家庭和私有制代替了氏族联盟和公有制，地缘关系代替了血缘关系，从而为阶级的产生、国家的发育（哪怕是最初形态）提供了重要的历史条件。正因如此，"婚姻"在蒙古英雄史诗中占据着重大而崇高的地位。在北京版《十方圣主格斯尔可汗传》中，敖勒吉拜（格斯尔的化身）在主持博克—查干—芒来和乔姆孙—高娃的婚礼时听了博克—查干—芒来的风凉话后，训斥道："我在主持你的大国，你为什么还对我说这样的话？"（着重号为引者所加）蒙古人经常把"婚姻"和"国家"结合起来组成词组"horim törü"（horim 为婚姻，törü 为国家），这个传统可能反映了这种历史起源。

成年之后，跨上骏马，鼎立在世界上，史诗英雄往往会问：

> 无间隙地连续的一生中，
>
> 无间隔地结合的姻缘中，
>
> 请告诉我未婚妻在哪里？②

这个要求已经成了普遍的叙事母题。英雄为了寻找自己命中注定的妻子，或者按照自己的意志，或者遵循父母的意旨（指腹

---

① 《马克思恩格斯选集》第四卷，人民出版社 1972 年版，第 158 页。
② 《布玛额尔德尼》（蒙古文），内蒙古人民出版社 1956 年版，第 14 页。

为婚），或者随着各种征兆，出发远征，经过各种困难，自愿接受各种考验，最终建立家庭、延续香火。这正好符合稳固私有制和家庭的需求。史诗英雄远征求婚，与骑着骏马、背着弓箭出发征战完全一样。新郎迎娶新娘的时候背着弓箭、佩带蒙古刀、骑乘快马的民俗一直保留到晚近的蒙古地区。研究古希腊、古罗马文化和荷马史诗的意大利哲学家维柯在谈到古代希腊、古罗马盛大婚礼的第三个特征时指出："娶一个妻子要有某种凭武力的表示。"① 古代蒙古人的婚姻中也存在过这样的习俗。

在英雄史诗中，婚姻和战争的母题互相交叉、互相渗透，这推进了史诗的全部故事情节的展开。

在蒙古英雄史诗中，男孩到了成年，有专门的仪式庆祝其成年，并有为其命名的民俗。在新疆《江格尔》中雄狮洪古尔的儿子阿日格—乌兰到了举办成年仪式的年龄，父母就剃了他的胎毛，给他取了霍顺—乌兰的名字。史诗《达尼库日勒》②中，剪掉达尼库日勒的胎毛和用金剪子剪断扎恩—宝玉冬的洪古尔—沙日—乌日鲁克的胎毛都是庆祝英雄成年的民俗仪式。这与婚姻和战争有着密切的联系。

蒙古英雄史诗中的婚姻缘分（主要是正面英雄）坚持的是

---

①　维柯著：《新科学》，朱光潜译，人民文学出版社 1986 年版，第 239 页。

②　《达尼库日勒》，蒙古语为 Danikürel，蒙古英雄史诗，主要流传于蒙古国西部地区。1890 年俄罗斯学者鲍勃日尼克夫（Bobronikov）记录了西蒙古著名史诗歌手帕尔臣（M. Parchin）演唱的史诗《达尼库日勒》。1990 年民族出版社出版过《达尼库日勒》。——译者注

得到命中注定的人的观念。正因如此，史诗英雄们为了得到命中注定的伴侣，会不顾一切地杀戮，有时可能会一不小心发生杀死情敌甚至未婚妻父亲的事情。英雄为了找到未婚妻，宁愿冒险，通过种种危险和考验，自愿接受各种难以忍受的苦难。为了得到美丽的妻子，他们也不回避挑起一场没有结果的战争。这不仅仅是反映了史诗英雄的"好色"或者"爱美人"，而且集中体现了人类社会出现家庭和私有制的历史命运，以及这一过程中形成的文化心理的积淀。在蒙古英雄史诗中，除了人与人之间的婚姻联盟，还分别描述了人与天神的婚姻、人与龙神的婚姻、人与蟒古思的婚姻。与人类自身的再生产相关的婚姻问题在人类发展史上占据着重要地位，因此维柯在讨论古代文化的时候说道："无论哪一个民族，不管多么粗野，在任何人类活动之中没有哪一种比起宗教、结婚和埋葬还更精细、更隆重。"①

其次，蒙古英雄史诗的原始性体现在它的人物形象上。下一章专门讨论史诗英雄的形象体系，因此这里只提及史诗英雄形象发生学的心理学前提。复合性和弥漫性是人类原始思维的两个重要特征，这种思维不分主观与客观、物质与概念、现实与梦幻、社会与自然、人类与动物，一律将它们当作同样的事物看待，在这样的心理前提下产生了图腾崇拜。正如马克思主义经典作家所说的那样，"人类第一次从动物那里找到了自己的

---

① 维柯著：《新科学》，朱光潜译，人民文学出版社 1986 年版，第 135 页。

神圣事物"。①　因此，史诗英雄没有丝毫犹豫地将自己变身为走
兽和飞禽，如图门—吉日嘎朗夫人为了消除格斯尔的病灾，自
己变成了一只三十庹长的黄色狐狸，到了阿布日古—斯钦—蟒
古思的国度。别说是人，有时候连天上的仙女也会变成动物和
畜生。格斯尔被赛霍来—高娃夫人迷惑，耽搁在外忘记归家，
最后格斯尔的神姊化作老母牛来提醒格斯尔。在这样的情况下，
英雄史诗中白方（正面）英雄人物形象的人性与神性、黑方
（反面）英雄人物形象的人性与动物性、蟒古思人物形象的社会
性与自然性才最终得以形成。同样，用自身的结构认识身外的
世界（客观世界）、用局部代表整体的神话思维也在英雄史诗中
得到了反映，关于自然界、野兽鸟禽的各种拟人化、用鬃毛创
造骏马、用一滴血创造人等例子数不胜数。

　　众所周知，蒙古英雄史诗明显受到萨满教和佛教的影响。
但是，人们还没有充分关注到蒙古英雄史诗中反映的关于神灵
的观念尚未出现之前就已经产生的拜物教（拜物教是原始人类
认为某种事物具有力量和生命，于是加以崇拜，这种被崇拜的
对象可以是自然的，也可以是人类创造出来的。今天传承下来
的符号文字等都是拜物教的遗留）、作为宗教雏形的泛灵论、自
然崇拜、语言崇拜等。

　　这里需要补充的是，苏联学者泽列宁（Д. К. Зэлэнин）研
究了西伯利亚人民和部分布里亚特人的翁衮崇拜以后认为，翁

衮崇拜是比萨满教和图腾信仰更原始的崇拜的遗留。[1]

蒙古英雄史诗中经常出现山石崇拜。比如史诗中有时候说史诗英雄的父母是雌雄石头，或者史诗英雄与骏马是同时从石头中诞生；锡莱河的三汗将母亲福分的石头和父亲福分的石头作为崇拜对象；用石头切断英雄的脐带；战争中使用札答石[2]；格斯尔用黑色石头和白色石头变出牛羊；在史诗《那仁达赖汗及其两个儿子》[3] 中红彤彤的婴儿把羊拐子大小的石头放进哥哥嘴里，哥哥从此通晓动物语言；等等。

因为有了神树崇拜，所以史诗中出现了各种带有魔法的上神树、柳树、白色树、魔法木棍；英雄用非凡的神树作箭杆和枪杆；在格斯尔的岳母因为贪吃，无法消化吃进去的肉快要被撑死的时候，格斯尔用三庹长的白色木棍揉了三次岳母的肚皮，岳母就上吐下泻而获救了；布里亚特《格斯尔》中阿拜—格斯尔—胡博衮迎娶阿乐玛—莫日根夫人后在婚礼上把油块扔进火中，三股火焰的根部长出金色的红柳；等等。所有这一切都和神树崇拜有关系。在"以柳树为母、以红角鸥鹁为父"[4] 的布

----

① 内蒙古大学历史系蒙古史研究室：《蒙古史研究参考资料》第十七期，1965年版，第31页注21。

② 札答石，蒙古语为 jada – yinčilagu，是古代蒙古族求雨仪式中使用的一种三角形石头。——译者注

③ 《那仁达赖汗及其两个儿子》是我国新疆卫拉特蒙古民间广为流传的一部英雄史诗。——译者注

④ "以柳树为母、以红角鸥鹁为父"（布里亚特人的史诗）蒙古语为 udan modun eketü, ugulisibagun ečigetü，为布里亚特民间有关其族源的一种固定说法。——译者注

里亚特人的史诗中神树崇拜更是得到了充分的反映。熟悉布里亚特《格斯尔》的人都知道，格斯尔的祖母满金—古如穆—图格黛的木棍对格斯尔的事业发挥了"无可替代的作用"。蒙古国学者 S. 杜拉姆（S. Dulam）在其《蒙古神话学形象》① 中详细论述过木棍的起源、变化和作用，是叫人感兴趣的有趣探索。

随着语言在人们现实生活中发挥重要作用，也产生了语言崇拜，人们无限信仰言语的功能，从而企图用言语来影响客观世界，换句话说，就是企图用说出来的词汇的力量来实现自己的目的。远古时期的祈祷、祝词、诅咒、祷语（祷告自己的愿望）、男萨满的神歌、经咒（陀罗尼，来源于梵语的 dharani，随着佛教的传播被蒙古人广泛使用）等都是崇拜语言的神秘力量和天神神力的结果。维柯所谓"神的语言"指的就是这种语言崇拜。② 在蒙古英雄史诗中，英雄之间结拜兄弟或者让敌人归顺的时候，都是嘴里咬着或者舔着刀、剑、枪尖发誓；史诗英雄用箭射敌人的时候，为了射中要害都要嘴里念诵咒语，刀砍敌人的时候会说："让你说出的话（其实是诅咒——引者），随着口舌消失吧！"尤其是在晚期的史诗中，史诗英雄为了影响客观对象（包括现实自然）而念诵经咒则成为比较普遍的题材。史诗黑方、白方英雄用经咒的神秘力量创造的"黑色山丘""黄色鞭子"等都属于崇拜语言魔力的表现。

---

① S. 杜拉姆（S. Dulam）：《蒙古神话学形象》（基里尔蒙古文），蒙古人民共和国国家出版社 1989 年版。

② 维柯著：《新科学》，朱光潜译，人民文学出版社 1986 年版，第 467 页。

　　上面提到的内容，无法用萨满教和佛教的宗教意识的影响来解释清楚，这些直接关系到人类的原始思维和远古想象。除此之外，英雄史诗中关于宇宙起源的"神话学序诗"比较普遍。

　　　当大地还是

　　　无序的时候，

　　　当宇宙还没有

　　　形成的时候。（布里亚特史诗）

　　　当蓝色的天空

　　　还没有飘上去的时候，

　　　当金色的大地

　　　还是刚刚形成的时候，

　　　当日月还没有出现

　　　人类靠自身发光的时候。（科尔沁史诗）

　　　当乳汁海

　　　还是泥塘的时候，

　　　当须弥山

　　　还是小山丘的时候。（卫拉特史诗）

　　　当肯特山还是一块岩石的时候，

　　　当克鲁伦和图拉河还是小溪的时候，

当火种还是小小的红苗的时候，

当世界的边缘微微发黄的时候。（喀尔喀史诗）

这样的程式化开篇段落作为史诗故事发生的时代信息广泛流传在蒙古民族当中。这里有些因素（如乳汁海、须弥山等）虽然是佛教传播到蒙古地区以后才进入史诗当中的，但是结合宇宙的起源演唱英雄史诗的传统世代传承，一直到今天。在蒙古英雄史诗中也偶尔会遇到吸收和利用蒙古神话的地方。譬如说，阿珠—莫日根和格斯尔摔跤，让格斯尔跪倒在地，于是金色世界振动，形成了沟壑；洪古尔把格日勒—朱拉夫人一刀劈开，从此女人衣服有了褶子；鹦鹉因为听了格日勒代—斯琴的话被感动，从此鹦鹉会说人类的语言；格斯尔祖母撒的灰烬变成了天河；等等。这些故事都留下了远古神话叙事的痕迹。

总而言之，通过上述内容的考察，蒙古英雄史诗所具有的原始性已经尽显在我们眼前。

四　范式性

英雄史诗作为蒙古民族语言艺术的经典形式，自有其审美的范式性体系。这个体系体现在人物形象的类型化、故事情节的程式化、叙事和描述的模式化。

蒙古英雄史诗范式性的第一个特征是人物形象的类型化。英雄史诗二元对立结构模式首先把史诗人物形象分成了黑与白、好与坏、美与丑两个阵营：白方英雄代表"好"与"美"，是正面形象；而黑方英雄则代表"坏"与"丑"，是反面形象。从史诗主人公英雄和蟒古思开始，一直到坐骑、宫殿、自然景色，都是按照这个审美的原则（包括美的反面价值）被塑造和形容的。白方英雄的形象是"崇高的""强大的""有益的"表现主体，而黑方英雄则是"下贱的""强大的"（在力量、神力和身躯方面黑方英雄和白方英雄都是平等的）"有害的"表现主体。

多数白方英雄都具有高贵的血统，有的是天神和天龙八部①的亲属，有的是汗诺彦贵族（最初可能是氏族领袖）的后裔，甚至是源自腾格里。格斯尔是霍尔穆斯塔腾格里的次子，也是龙王的女婿；达尼库日勒是达赖汗的儿子；江格尔是乌宗汗的儿子；布玛额尔德尼是布日木汗的儿子；阿拉坦嘎拉巴汗是宝迪嘎拉巴汗的儿子；等等。这类例子举不胜举。血统与史诗英雄们的神性和作为氏族部落保护者的地位有密切联系。白方英雄居住的地方是光明的上界、天上的十二个故乡、世界的中心；他们身躯巨大，力量无限，有各种魔法变幻本领；他们镇压害人的蟒古思、毒虫野兽、妖魔鬼怪，根除十方十种罪恶之根，给世界带来安宁。

_____

① 天龙八部 原书蒙古语为"lus naima aimag"，似有误，应为"lus tngri naiman aimag，又称龙神八部、八部众，是佛经中常见的"护法神"。八部者，一天众，二龙众、三夜叉、四乾达婆、五阿修罗，六迦楼罗，七紧那罗，八摩呼罗迦。因为"天众"及"龙众"最为重要，所以将其称为"天龙八部"。——译者注

　　黑方英雄，尤其是蟒古思部落，也是身躯巨大，他们有许多颗头颅，有各种魔法神力，而且居住在肮脏黑暗的下界、地下世界或者山洞中。他们总是散布毒害，做尽坏事，扰乱世界。这些特征在科尔沁史诗中的蟒古思形象里得到了高度抽象的提炼。

　　史诗中黑方、白方英雄类型化形象的另一个特征是，这些形象从来不经过"成长的过程"，从母亲肚子里出来的时候他们的性格特征就已经定型了，他们的成长与光阴无关。

　　　　过了一夜一张羊皮裹不住了，
　　　　睡了一宿一张牛皮裹不住了。①

　　　　只过了三天，
　　　　就骑上枣骝马，
　　　　带着虎斑长枪，
　　　　出去打猎了。②

格斯尔躺在摇篮里的时候就镇压了魔鬼的黑乌鸦；江格尔三岁的时候就征服了巨大而可怕的蟒古思；蟒古思的儿子从母亲肚子里蹦出来就刀枪不入，与白方英雄进行生死搏斗。

---

　　① 　那木吉拉·巴拉达诺搜集整理：《阿拜—格斯尔—胡博衮》（蒙古文），内蒙古人民出版社 1982 年版，第 129 页。

　　② 　《江格尔》（蒙古文），内蒙古人民出版社 1988 年、1989 年版，第 688 页。

这种人物形象只有在生活和生存必须依靠全部落，需要共同体的维护才能保障个人安全的、个体意识尚没有觉醒的时代才能够产生。这个时代共同体的写照是：

打到一只兔子大家都有肉吃，
断掉一颗纽扣大家都有损失。[①]

这正好与维柯的"想象的类概念"的提法相吻合。[②] 代表力量类型的雄狮洪古尔、代表智慧类型的阿拉坦策吉（人名，意为金胸）、代表速度类型的萨里汗—塔巴嘎（人名，意为飞毛腿）、代表英俊美貌类型的明彦等人物形象分别涌现出来的原因就在这里。荷马史诗中也有类似的形象，这从侧面说明了蒙古英雄史诗的原始性。别林斯基曾经说过："史诗的故事情节掩盖了人。它（指史诗——引者）的盛大和巨大掩盖了人的个性。"[③] 因此，无法用今天的理论去具体阐释当时的人物形象。

蒙古英雄史诗范式性的第二个特征是故事情节的程式化。换句话说，蒙古英雄史诗的故事情节是按照特定的发展阶段、特定的基本叙事、特定的顺序进行的。英雄的诞生、英雄的斗争（主要是婚姻和战争）、英雄的苦难（死亡）、英雄的胜利

---

① 《江格尔》（蒙古文），内蒙古人民出版社 1988 年、1989 年版，第 1481 页。
② 维柯著：《新科学》，朱光潜译，人民文学出版社 1986 年版，第 103 页。
③ 《别林斯基选集》第三卷，上海译文出版社 1980 年版，第 19 页。

（复活）等构成了故事情节的四大环节。德国蒙古学家瓦尔特·海西希（Walther Heissig）从母题的角度详细考察了蒙古英雄史诗故事情节的顺序和结构，将其分成 14 个叙事单位。列举如下：

1. 时间
2. 英雄的诞生
3. 英雄的家乡
4. 英雄本人
5. 骏马的特征和作用
6. 出征
7. 助手
8. 威胁
9. 敌人
10. 与敌作战
11. 英雄的智谋
12. 求婚
13. 婚礼
14. 凯旋

14 个大类中虽然每一类所包含的平行和串联的叙事单位的数量不同，但是基本上勾勒出了蒙古英雄史诗故事情节的开始、发展、高潮和结局的叙事顺序。从变化较大的科尔沁史诗也依然能大致看出这种轨迹。

艺术里的一切程式都是民族文化心理结构的表现，而且还进一步加强和发展了这种文化心理结构。作为民族心理结构的实践，程式对新创编的史诗具有一定的规范作用，因此晚期的一些史诗艺人和胡尔奇在演述史诗的时候也自觉或不自觉地遵循这种程式的范式，一直到今天。

蒙古英雄史诗范式性的第三个特征是叙事和描述的模式化。史诗总是与宇宙和世界的起源相关联：

　　　　当高高的天空

　　　　还是一片雾霭的时候

　　　　当广阔的大地

　　　　还是一团灰尘的时候①

几乎所有史诗都是从这种"创世神话序诗"开始演唱的。随着佛教在蒙古地区的传播，按照吠陀经和佛教神话，史诗的序诗变成"当乳汁海还是泥塘的时候，当须弥山还是小山丘的时候"，更有甚者，在科尔沁史诗中，还把人类寿命活到八万岁的拘留孙佛时代和人类寿命活到四万岁的拘那含佛时代都引入史诗的序诗中演唱。不管怎么样，蒙古史诗起源的时间是远古时

---

　　① 那木吉拉·巴拉达诺搜集整理：《阿拜—格斯尔—胡博衮》（蒙古文），内蒙古人民出版社1982年版，第3页。

代，是"大地刚刚形成，火种刚刚燃起来的"时代。正因为如此，原始史诗更接近神话，而且史诗英雄有时候具有文化英雄的功能。

在史诗中一定要分别介绍并用特定模式形容和描述史诗英雄的身世、气质、故乡及其伟大业绩发生的背景环境、自然景色、牛羊、庶民、宫殿、房屋（科尔沁史诗）等。这些都有助于突出史诗主人公。白方英雄总是居住在吉祥的方向，他们的故乡是譬如北方的本巴地方的"美丽的家乡""美好的家乡""安宁的故乡""温馨的故乡""神奇的故乡"，史诗中会用最美好的言语和词汇赞美白方英雄的故乡，这也是婚姻（包括求子）和战争的背景和现实环境：不同地域、不同部落史诗中反映的地理名称和居所的描述互相不尽相同。有时候描述环境的时候要使用四段式的描述段落（四面、四方、四色、四季）。

黑方英雄总是居住在不吉利的地方，而且史诗总是用丑恶、肮脏鄙俗、黑暗的模式形容和描述他们生活的环境和居所。在下面的相关章节中会专门谈这一点，因此这里不再赘述。

史诗中都是静态地描述上面提到的这些因素，而英雄出征则是动态描述。英雄披甲戴盔、携带武器、手持鞭子、叫唤坐骑、吊驯马匹、鞴马、骑乘骏马、赶路等都有固定的程式化段落，这些都用来突出英雄的精神、威风和力量。深刻蕴含着游猎文化色彩的这些模式化描述发展到科尔沁史诗中时变得更加细致入微，并且明显受到了胡仁乌力格尔的影响。譬如说，在科尔沁史诗《阿拉坦嘎拉巴汗》[①] 中是这样描述英雄披甲戴盔的：

> 紧贴肉身穿的，
>
> 是绸缎的铠甲；
>
> 绸缎上面套的，
>
> 是钢丝的铠甲；
>
> 套在外面穿的
>
> 是蟒缎白铠甲。
>
> 五层坚固铠甲
>
> 搭配穿戴停当。
>
> 盘龙腰带系上，
>
> 龙首铁钩扣上。
>
> 青铜头盔端上，
>
> 戴在英雄头上。
>
> 肉长的后脑勺
>
> 震起来剧痛吧？
>
> 绸缎头巾叠成
>
> 七层垫在里面。

[①]　《阿拉坦嘎拉巴汗》蒙古语为 Altan galab hagan，东部蒙古民间英雄史诗（蟒古思故事），属于扎鲁特—科尔沁史诗。曾由东蒙古史诗艺人色楞演唱过。

各种颜色流苏
拉到骏马胸前，
结成了吉祥结，
多出来的穗子
随风上下飘扬。
一万斤的青铁
天上铁匠铸造，
一千斤的好钢
贴在上面锻造，
如意檀香宝树
用来制作手柄，
柄上镌刻莲花，
斧背浮雕真言，
巨大的月亮斧
插挎在后腰上。
一千斤的青铁
一层一层捶打，
一千斤的好钢
贴在上面锻造，
巨大的打火镰
别在腰带上面。
黄羊大打火石
装三块在里面。

烟袋锅像水缸，

烟管像房梁长，

巨大的烟袋锅

也别在腰带上。

用二十张牛皮

好不容易缝制，

烟荷包中装了

满满红色旱烟。

我们疯狂英雄

挎在后腰带上。

黑色的大箭筒，

英雄背在身后。

十二支白神箭，

整齐装在里面，

斜挎在这一侧。

用来指明方向，

也用抽打马匹。

用来指点高山，

偶尔抽打坐骑。

黑夜赶路当眼睛，

遇到敌人变武器。

柳条做的马鞭，

拿在手中出发。①

这种描述已经成了科尔沁史诗中普遍使用的艺术手法。

在双方英雄的战斗描述中，交战双方一见面就互相问姓名和故乡（有时候直接交战），先骑着马，在马背上互相射箭或者刀枪相接，接着双双下马，短兵相接，最后用爹妈给的肉身搏斗。杀死敌人的时候，英雄会让敌人说出作为男儿的三个遗憾、战胜蟒古思以后用大山镇压或者用神火烧毁其身体和灵魂，这些已经成了模式化的母题。英雄寻找未婚妻、举行盛大宴会、通过男儿三项考验等重要叙事环节也仍然使用模式化的描述手法。

在蒙古英雄史诗中几乎没有悲剧性的结尾，总是"没有缺陷都是齐全，没有不足都是圆满""收获多得衣襟装不下了，喜事多得额头快撑开了""吃肉吃得来不及放下刀子，喝酒喝得来不及放下酒杯"。

盛大的宴会连续了八十天；

喜庆的那达慕举行了七十天；

幸福无限享福了六十天。

从此没有死亡只有永生；

① 色楞演唱，瓦尔特·海西希、法伊特、尼玛记录整理：《阿拉坦嘎拉巴汗》（蒙古文），内蒙古文化出版社 1988 年版，第 74—77 页。

从此没有战乱只有和平。①

这充分反映了蒙古民族的文化心理、伦理道德、社会理想和美学追求。蒙古人一贯推崇吉祥圆满，各种祝词、赞词、"骏马赞歌""博克赞歌"等都是在这样的伦理道德和心理前提下才得以产生并传承至今的，"蒙古人靠吉祥"的谚语正好充分反映了这种习俗。作为民族"古老遗嘱"、部落部族"史传"、美好愿望的精华的英雄史诗，其结尾应该是幸福圆满的结局。从艺术的角度看蒙古英雄史诗，它就是在前面谈过的文化心理前提下形成的具有整一性的作品。"整一性"是美学的一个重要概念，它要求作品的完美整齐。蒙古英雄史诗特别强调结尾，其重要性超过开篇。即使史诗开篇很一般，也可以在故事情节的发展中使悲伤和喜悦得到平衡。可是，因为结尾是史诗的总结，所以必须有吉祥圆满的结局。

蒙古英雄史诗首先是口头创编的，因此，现成的词汇、即兴诗、现成的形式等都具有格外重要的意义。对口头传承、口头传教、口头记忆来讲，这种固定的词汇、固定的程式化诗歌段落给史诗艺人带来的不可思议的便利是可想而知的。不识字的听众也更倾向于欣赏自己熟悉的文艺作品。这些都促进了史诗作品的程式化和模式化。

---

① 宝音和西格、道·巴德玛搜集整理：《江格尔》（蒙古文），内蒙古人民出版社 1982 年版，第 47—48 页。

上面讨论过的神圣性、原始性、范式性是蒙古民族正式史诗作品皆有的典型特征。我们应该把这三个特征看作史诗作品区别于其他文学作品的一个重要标准。

第 二 章

宇宙结构

一 三界

德国学者恩斯特·卡西尔在他的《神话思维》① 中指出，时（间）、空（间）、数（量）是一切知识的基础概念。蒙古英雄史诗中较为常见关于时、空、数的描述，在这些描述中有其自身的艺术想象、宗教信仰和思维方式的特征。

史诗在宇宙结构方面和所有人类的原始思维和神话思维的想象原理基本相似，将宇宙分为上、中、下三界。上界是天神们居住的世界，即天界。史诗中出现的天界与天神最初主要是与萨满教观念有关的天神们。作为蒙古民族集大成的神灵的长生天、万眼天、霍尔穆斯塔腾格里，西方的五十五天，东方的四十四天等，均被反映在史诗里。尤其是在布里亚特的《阿拜—格斯尔—胡博衮》中出现的如下情形：

汗霍尔穆斯塔腾格里；

赐予雨水的三个腾格里；

驿站的三个腾格里；

底部白色的腾格里；

---

① 恩斯特·卡西尔（Ernst Cassirer）著：《神话思维》，黄龙保、周振达译，中国社会科学出版社 1992 年版。

白色天河的腾格里；

分散的白色腾格里；

忠诚的白色腾格里；

命运的白色腾格里；

红色启明星腾格里；

跳神的白色腾格里；

锌华的白色腾格里；

阿岱—乌兰腾格里；

黑暗混沌的腾格里；

原始的黑色腾格里；

雾霭的黑色腾格里；

血色的三个腾格里；

棕色的斑斓腾格里；

黄色的斑斓腾格里；

管风的三个腾格里；

强劲的三个腾格里；

圆圆的黑色腾格里；

黑色的斑斓腾格里；

砾石般的黑色腾格里。

除了个别腾格里的名称，诗中大多数腾格里的名称与萨满教神歌中出现的腾格里天神名称相符。

后来，蒙古英雄史诗中的上界观念受到印度古代吠陀

（veda）经和佛教观念的影响，出现了阿迦尼吒天界（akanist-ha，梵语，从色究竟天）、苏喀瓦地的天界（梵语）/德巴占（藏）/天堂（享乐园、极乐世界）、净天界和善见城等名称和形象，史诗英雄们也祈祷道："不犯错误正确地度过这一生吧。让来世的灵魂脱离三恶趣托生到净空忉利天。"① 蒙古英雄史诗中反映的这一时期关于天界的描绘，几乎都是从佛教观念出发的。蒙古《格斯尔》（不包括布里亚特《格斯尔》）中的"大梵天""十七天""三十三天"就明显遵循了佛教的宇宙结构观念。大梵天（梵语为 brahma）是从印度古代神话中的金卵孵化而来的，是创造宇宙万物的最初祖先和创造神，又称为以四面天鹅为坐骑的"色界之禅天"；十七天是色界诸禅天的总称；三十三天（梵语为 trǎyastrimsǎ，忉利天）是欲界的天神，居住于须弥（尔）山顶上的善见城。

对于史诗英雄们的诞生来说，最重要的是天界血统，或天族出身。原为霍尔穆斯塔腾格里天神次子的威勒—布图格齐（布里亚特《格斯尔》里叫作特格里—乌兰胡博衮—博克—毕力格图），为镇压中界的纷乱而下到凡间，铲除十方毒根，为众生造福，不仅多次返回天界，经常得到天神们的帮助，还自由出入地狱。格斯尔为寻找他母亲的灵魂而到了地狱，砸坏了地狱的十八道铁门，捉住阎罗王的灵魂，又用九十九叉铁棍击打阎罗王，经过一番询问后终于找到其母亲的灵魂，并把她送到了

① 《江格尔》（蒙古文），内蒙古人民出版社 1958 年版，第 208 页。

天界。

　　更有趣的是，布里亚特《格斯尔》将人界的征战、瘟疫、仇恨之根源同天界或天族们之间的内部纷争直接联系起来，萨满教九十九尊腾格里天神之间的争斗变成了整个史诗的序幕。西方的五十五天和东方的四十四天之间的天界征战缘起于为争夺两者之间的策根——则布德格腾格里而引发的矛盾。另外，东西方天神因为各自为自己的儿子迎娶西方五十五天天神的精神领袖那仁—多兰—腾格里天神的美丽女儿娜仁—高娃罕而互不相让，进而引发了天界的战争。汗霍尔穆斯塔腾格里联合自己的长子嘉萨—莫日根，拦腰砍死了东方四十四天的首领阿岱—乌兰—腾格里天神及其三个儿子，于是阿岱—乌兰—腾格里天神的尸首落入人间，寰椎骨变成嘎拉—诺日曼汗，右手变成花斑羚羊，左手变成西日门—塔秀日图汗（铁鞭子汗），黑洞洞的胸腔变成阿布日古—车臣蟒古思，翘起来的大荐骨部变成罗玉尔—罗布萨嘎拉岱蟒古思，双腿变成罗玉尔—罗布萨嘎拉岱蟒古思的三个瘦高的姐姐，全身其他部分像奶渣子一样散落到大地上，变成了各种疾病，于是就产生了黑、白方英雄之间的斗争，并贯穿了整部史诗。连接天界和地界（人界）的布里亚特《格斯尔》突出反映了神话思维的原始性。在世界各民族的远古神话中，从某一物的尸体产生自然界、人和动物的观念（尸体化生神话）比较普遍。譬如，在印度古代神话中，宇宙之初从原人普鲁沙（大梵天）的头颅产生了婆罗门，从心脏和眼睛产生了月亮、太阳，从呼吸产生了风；在巴比伦神话中，提阿马特（Tiamat）被巴比伦城主神马尔杜克（Marduk）杀死，马尔杜克用她的身体创造了世界。

在蒙古史诗中，天界和地界（或人界）的关系较为具体：史诗英雄们可以顺着如意宝树爬上天界；格斯尔的祖母可以放下天梯让格斯尔爬上天界；嘉萨—席克尔可以用铁梯子降临下界；阿拜—格斯尔踏着金轮银轮爬上天界；等等。这方面的例子数不胜数。

有时，天界的白色山岭、人界的黄色山岭和蟒古思的黑色山岭成了三界之间泾渭分明的边界。天界虽然洋溢着神秘氛围，但终究是反观人类世界的"倒影"。苏联宗教学家约·阿·克雷维列夫指出："人类情欲观，把拟人观念跟神和动物同形观念融合在一起，并把人的心理、想法、欲望、志趣、意图和爱好转嫁于神。"① 别说上述九十九尊腾格里天神之间的内部争斗，就连十方圣主格斯尔和天界之间也不乏这种矛盾或纠纷。格斯尔也如同凡人一样，面对问题总是犹豫不决，在下凡之前曾向天神父亲提出许多要求，在天神父亲满足了格斯尔的条件后，格斯尔才下凡降魔除妖。格斯尔下凡取得胜利之后，也会和他美丽的夫人一同沉浸于享乐中，忘记了自己的故乡和为民除害的责任。从史诗所描绘的天界中，我们可以在某种程度上看到人类世界的社会制度、人际关系、道德习俗的影子。

---

① 约·阿·克雷维列夫：《宗教史》（上卷），中国社会科学出版社 1984 年版，第 69 页。

史诗中反映的上界的对立面就是下界。如果说上界是光明、洁净、幸福安宁，那么下界则被描述为"黑暗混沌""肮脏丑陋""令人毛骨悚然"。下界一般都是地狱、龙八部居住的地方、蟒古思和毛斯的家，但下界的层次也彼此不尽相同。

地狱可能是最低层、最恐怖的区域，那里是阎罗王的管辖之地，共有十八层，充斥着饥渴寒热的苦难。

有时，江格尔的故乡被称为"上界的七个地方"或"瞻部洲"，与此对立的是被称为"下方的七个地方"的七层地下世界。道格欣—沙日—库日库蟒古思，把雄狮洪古尔扔进七层地下世界的凶猛红海的深坑里，命令八千名妖怪来折磨他。为了寻找洪古尔，江格尔从巨大的红色洞口（又说是"世界的天窗"）下到下界，遇到一个一口能吞掉大海、能把一座山举起来的神奇小伙子，让他做了自己的助手，然后在巨大的白色宫帐附近捡到魔法红口袋、人筋做的绊绳、黑铁锤等，又杀死了宫殿里的黄羊腿、红铜嘴的罗刹女，罗刹女的上半身和下半身从宫帐旁边的黑洞掉落到地下世界。这反映了地下还有地下世界、洞中还有洞的下界的层叠结构。江格尔借助刚得到的那些武器，跟踪罗刹女钻进了黑洞中，经过各种险境，最终解救了洪古尔，还在大鹏金翅鸟的协助下穿越七层下界，重返自己的上方七界。

龙王界是蒙古英雄史诗中不可或缺的下界空间之一，但是相关的具体描绘却不够充分。一般来说，龙王界在海里或在水里。据阿珠—莫日根的话，白龙王居住在金城的宫殿里。《阿拜—格斯尔—胡博衮》对龙宫的描绘是：

水界龙王的

宫殿巍峨耸立，

几乎触到蓝天。

贴在背面的黄金，

照亮了北方的世界；

贴在阳面的黄金，

照亮了南方的世界。①

史诗的正方英雄们有时和龙王的女儿成婚，在格斯尔、江格尔、达尼库日勒的夫人们中，都有龙王的女儿。这里简单解释一下阿拜—格日勒夫人的出身。一般认为，阿拜—格日勒夫人是紧那罗天的女儿。紧那罗天（kinnara）是龙神八部或天龙八部之一，善于歌舞。有时也说，她是龙王的女儿。实际上，"紧那罗天之女"和"龙王之女"是同一人物的两种说法。与此相同，江格尔进入下界拯救洪古尔时遇到的大鹏金翅鸟，按照佛经的说法，也属于龙神八部。因此，阿拜—格日勒夫人被称为龙王的女儿，也是不难理解的。

同理，将蟒古思部落的故乡也同"下界""下界的七个地方"连在一起，笼罩着令人恐怖、令人嫌恶的迷雾。譬如说，

① 那木吉拉·巴拉达诺搜集整理：《阿拜—格斯尔—胡博衮》（蒙古文），内蒙古人民出版社1982年版，第221页。

蟒古思居住的地方是"金色须弥山的北边，没有阳光的洞穴""没有太阳的黑暗世界""向北的山洞""太阳落山的地方的北边""七十条山谷的交界口上，看不见的嘴栖息的地方"等。这些作为一种独特的研究对象，作为"恶之诗学"的主要组成部分，具有审美逆向价值。对于这一问题，下一章有专门的探究，这里不再赘述。

许多蒙古英雄史诗或直接，或间接，或公开，或暗示地描述了三界，唯独蒙古《格斯尔》中体现得最为细腻、全面。

中界是红尘世界、人类的世界，因此正是史诗中黑、白双方英雄们展示英雄业绩、各类活动和人生命运的主要舞台，这是毋庸置疑的。

二　时空

通行三界的史诗英雄们的时空意识格外开阔。一望无际的荒原、看不到边的森林、长年累月的远征、适逢佳节的打猎、漂泊不定的游牧、烽火连年的战争，这些将时（间）、空（间）、数（量）融为一体，从而构成四维（空间的三维加上时间的一维）的时空观念。

不说古代史诗，就连现代牧民的现实生活中也遗留了时空意识的痕迹。譬如，以盆地的大小衡量牛、羊、马群的多少；以射入天窗的阳光为时刻表；草原上问路的时候根据指路人手中马鞭的高低推断路程的远近；等等。

时空维度的复合性、形象性和模糊性是史诗时空观念的几种重要特征。

> 五个月路程远的广阔草原
>
> 好不容易容下
>
> 富饶的圣主的
>
> 五百万臣民扎营放牧。①

这里，将数字"五百万"和"五个月路程远的广阔草原"的时空连在一起，不仅反映了宇宙和世界的广阔、臣民人口的密集，而且还呈现出了时、空、数相互间的渗透性，即复合性。

> 晚上的红太阳刚落山时，
>
> 马群开始成群上路。
>
> 早晨的红太阳升起来时，
>
> 好不容易见到了最后一匹马。②

这些诗行虽然没有提及数量，但是关于数量的形象描述却给人带来深刻的印象。这可谓是无法数清的数，无法测出的量。这主要是借助对时空的形象而宏观的把握，来产生这种审美效

---

① 《江格尔》（蒙古文），内蒙古人民出版社1958年版，第20页。
② 《新疆江格尔　六十部》（蒙古文，乙），内蒙古人民出版社1988年、1989年版，第938页。

果的。

表述路程之远，有时会以男人和公马的力气作为参考项，如：

累瘦的骏马，

干瘪得分不清哪个是鞍子哪个是骏马。

累瘦的好汉，

干瘪得分不清哪个是腰带哪个是主人。①

有时，以声音传播的距离来比喻空间之大：

把羊群放在一边，

等（敌人）走出两声之地的时候，

骑着乌黑的两岁马

从后面追上了。②

有时，以鸟禽的飞翔能力作为参考项来描述距离之远：

腿爪上有力的、

翅膀上有劲的

---

① 《新疆江格尔　六十部》（蒙古文，乙），内蒙古人民出版社 1988 年、1989 年版，第 1055 页。

② 同上书，第 781 页。

> 三岁的黄斑苍鹰
>
> 不停歇地飞翔，
>
> 三次生卵三次孵化，
>
> 也很难飞到的遥远的地方。①

上述例子体现了时空维度的形象性。除复合性、形象性外，史诗中关于时空的描绘还具有模糊性。

> 在草木盛开的时候，
>
> 在孔雀孵化的时候。②

这一诗行中描述的也许仅仅是花草盛开的季节，很难确定具体的日期，尤其是在关于时空的宏观描绘中这一情形较为普遍。譬如，用"两条前腿落在一天路程的地方，两条后腿落在一天路程的地方"来形容骏马奔跑之快；用"三岁雄鹰的眼睛眺望三年路程远的地方"来描述家乡的广阔；以"比蚂蚁还多的军队"来强调军队数量；等等。这些不仅反映了艺术创编的广阔视野，而且这种思维模式和方法与英雄史诗的崇高风格也十分吻合。

在蒙古英雄史诗的模式化的艺术世界中，把故事情节的结

---

① 《新疆江格尔　六十部》（蒙古文，乙），内蒙古人民出版社1988年、1989年版，第431页。

② 同上书，第1048页。

尾当作开端，或把开端当作结尾的循环模式较为多见。与此对
应的是以欢乐为开端，以享乐为结尾的情形：

> 不知道
>
> 达赖汗之前的故事，
>
> 也不知道
>
> 额尔敦—格日勒成婚以后的事。①

　　因而，有些西方学者认为，原始史诗是"从中间开始
的艺术"②。

　　与史诗空间有关的一个重要问题是"史诗地理"的问题。
我认为，意大利学者维柯提出的"诗性地理"是比较适合蒙古
英雄史诗的地理学研究的术语。维柯在系统研究古希腊和古罗
马的历史文化，尤其是荷马史诗后提出了这个概念，它主要是
指与人类的原始思维息息相关的直觉的、想象的艺术创作。远
古人们虽然一方面在生产劳动中真实地反映并试图把握外部客
观世界；另一方面，因为生产力水平低下，所以对于客观世界
也充满了种种幻想、模仿和推测。从这一点上说，人类的原始
思维完全是艺术思维。作为语言艺术的史诗创作也无不遵循了
这一规则。在蒙古英雄史诗中，除了反映具体的地理，还有可

---

① 卡陶整理：《达尼胡日勒》（蒙古文），民族出版社 1990 年版，第 262 页。

② 保罗·麦钱特：《史诗论》，金惠敏、陈颖译，北岳文艺出版社 1989 年版，
前言第 2 页。

能占据了更为重要地位的艺术想象的地理。对于这一问题，鲍·雅·符拉基米尔佐夫（Б. Я. Владимирцов）在其《卫拉特蒙古英雄史诗》一书中论述道："在西蒙古的民间文学中就有用称谓名称来指示地理名称的传统。"这样的称谓名称，不只是西蒙古民间文学中出现的特殊现象，而且是蒙古民族的英雄史诗、民间故事中普遍存在的现象。

蒙古英雄史诗中出现的地理，大致可分为以下几个基本种类。

一，具体地名。比如，阿尔泰、额尔齐斯河、阿米尔河、塔尔巴哈台、普陀山、杭爱—哈日古纳等，都具有这样的性质。相比之下，《江格尔》中的具体地名更多。

二，艺术创作和抒情感的地名。譬如，在《格斯尔》中出现的"太平山梁""毁坏的山梁"（这些地方与鼻涕孩儿觉如的成败息息相关，对故事情节有着某种意义上的审美效用）"花的原野""杜松山""杉木山""柏树山"等。此外，还有科尔沁史诗中出现的"阿格—沙日山""艾嘎—沙日山岭""地狱的冰岭"等。

三，在蒙古地区，有时在不同地区之间有通用的地理名称，这可能与游牧生活有着密切关联。蒙古人根据居住环境的地势、景观特征命名，就可能造成这种相似的名称。譬如，"一望无际的荒野""白沙山""辉腾河（冰冷的河）""蓝色山丘"等。这些地名可能是具体地名，也可能是虚构或模仿的名称。

四，史诗中也会出现与宗教、神话、民俗有关或者源自印藏的地理名称。譬如说，"阿纳巴德海"〔Anabad，蒙古语作"欢乐海"，也写作"阿里玛德"（Alimad）、"阿拉玛德"（Alamad）〕"须弥（尔）山""乳汁海""恒河""宝木巴故乡""相约的小山丘"等，都具有这一特点。这里，把"相约的小山丘"当作诗性地理的一个重要例子，进行探讨。

在蒙古民间文学尤其在蒙古英雄史诗中经常见到"相约的小山丘"这个地理名称。在远征作战、遥望远方、针锋相对、发誓结盟的时候，它是不可或缺的舞台。有时，也把它称为"相约的灰色山坡""相约的灰色大岭""相约的灰色山丘""相约的灰色土丘""六十个灰色小丘"。

那么，我们接下来探讨一下史诗中什么时候、什么地方、如何使用"相约的小山土丘"以及发挥什么作用。

1. 雄狮洪古尔和格隆—占布拉汗的英雄乌容嘎的赛因①交战的时候，就到"灰色山头的灰色原野"上一决胜负：

> 工匠做的武器
>
> 对我们俩没用，
>
> 父母给的肩膀
>
> 才能考验我们。

---

① 乌容嘎的赛因：蒙古语为 Orunga – yin Sayin，史诗《江格尔》中的人名，反方英雄黑凌占布拉汗的勇士之一。

到灰色山头的灰色原野吧！①

尤其在民间故事中，两个主人公在"相约的小山丘"上角力的情节比较多。雄狮洪古尔与哈日—库库勒汗交战时说道：

下个月的二十那天，

到相约的灰色山丘

山坡上比试力气吧！②

当然，这里的"灰色山丘"可以说是英雄较量比试的舞台。

2. 誉满世界的江格尔为了兑现自己在年轻的时候与巴德玛—乌兰交战并发誓的诺言，派洪古尔的儿子胡顺—乌兰、自己的儿子巴图尔—吉拉干（又叫"哈日—吉拉干"）、阿拉坦—策吉的儿子阿利亚—双胡尔三个孩子去挑战。三个孩子出发之后，巴音—空凯的阿拉坦—策吉赶来，在"相约的小山丘"上给孩子们详细讲了如何克服途中的各种艰难和危险。③ 这里的"灰色山丘"可能是长辈传授经验的驿站。

3. 江格尔替雄狮洪古尔向占布拉汗的女儿赞丹—格日勒求

---

① 《新疆江格尔　六十部》（蒙古文，乙），内蒙古人民出版社 1988 年、1989 年版，第 1190 页。

② 同上书，第 1129 页。

③ 《江格尔》（蒙古文），内蒙古人民出版社 1958 年版，第 125 页。

婚，在途中登上"相约的小山丘"，用他冰冷的黑眼睛眺望四方，见到了占布拉汗的青铜黑宫殿宛若熊熊的火焰。① 这里的"相约的小山丘"可能是遥望远方、观察地势的哨所。

4. 誉满世界的江格尔举行宴会的时候：

> 叫七十个人抬过来
> 躺在山沟里的
> 三岁熊的胆子
> 听了就会破裂的
> 巨大声音的黄色大鼓，
> 扛到相约的小山丘上，
> 敲打传达了
> 给北方宝木巴故乡
> 部落人民的命令。②

这里出现的"灰色小山丘"是传达信息、鼓舞军民的讲台。

5. 有时，英雄在远征途中，或在作战之前，先登上"相约的小山丘"，自己休息或放骏马去吃草。胡顺—乌兰、巴图尔—吉拉干、阿利亚—双胡尔三个小英雄为活捉巴德玛—乌兰而出发远征，足足走了四十九天的路程：

---

① 《江格尔》（蒙古文），内蒙古人民出版社 1958 年版，第 38 页。
② 《新疆江格尔　六十部》（蒙古文，乙），内蒙古人民出版社 1988 年、1989 年版，第 987 页。

来到相约的小山丘上，

搭建了七十个人席地而坐也绰绰有余的

宽大的红帐篷。

挖了地灶，

支上檀香般黑色的大锅，

烧起了梭梭树，

煮了檀香般美味的奶茶。①

这里的"相约的小山丘"是英雄们休息的地方。

6. 有时，英雄寻找马群或捉马的时候，也要登上"相约的小山丘"。洪古尔的儿子胡顺—乌兰寻找能够作他坐骑的骏马的时候也登上了"相约的小丘"：

登上相约的小山丘

眺望马群的时候，

看见黄色骒马下驹了，

黄色小马驹诞生了。

见到马驹绕了母亲三圈，

---

① 《新疆江格尔　十五部》（蒙古文，甲），内蒙古人民出版社 1982 年版，第 1213—1214 页。

正在吸着乳头吃奶。①

7. 迎接战胜敌人、得到荣誉的英雄们的时候，"相约的小山丘"是凯旋门。

> 强大的洪古尔卷走了
> 库日勒—占布拉汗的故乡，
> 带着他们迁到宝木巴家乡来。
> 圣主江格尔见到了，
> 就领着勇士和英雄们
> 到相约的小山丘上迎接了。②

8. "相约的小山丘"有时是征战双方的地域界线或自然屏障。沙日—格日勒汗的占卜师黄色搅水女人占卜道：

> 圣主江格尔的
> 英雄哈日—吉拉干
> 越过相约的小山丘进入我们的故乡，
> 正在前来挑战，

---

① 《新疆江格尔 十五部》（蒙古文，甲），内蒙古人民出版社 1982 年版，第 890 页。

② 同上书，第 282—283 页。

要占领你辽阔的土地。①

后来，哈日—吉拉干打胜仗，迎娶了新娘，回到家乡的时候：

圣主江格尔见了
向阿拜—格日勒夫人，
向饮酒的诸英雄们说道：
"在相约的小山丘这边
出现了他的身影……"
一边说一边远眺的时候，
英雄哈日—吉拉干
已经跑到跟前了。②

蒙古国学者 S. 杜拉姆在他的《蒙古神话学形象》一书中指出，神话中的"山岭"与古代氏族部落的地域界线有关系。该观点也证实了上面讲的内容。

9. 更有趣的是，有时"相约的小山丘"成了跪拜上天和膜拜十方神灵的朝拜的敖包。哈日—克木尼克汗在洪古尔的儿子胡顺—乌兰和霍尔穆斯塔腾格里的两个女儿的帮助下，找到了

---

① 《新疆江格尔　六十部》（蒙古文，乙），内蒙古人民出版社 1988 年、1989 年版，第 1434 页。

② 同上书，第 1449 页。

自己被雌、雄黄斑蛇劫掠的、只有鸟儿般大小的红彤彤的儿子，并说道：

> 愿到六十个灰色土丘，
> 向上天磕头，
> 向大地祈祷，
> 获得吉祥祝福。①

这时，我们自然而然地想到《格斯尔》史诗中的"理想的敖包"。在北京木刻本《十方圣主格斯尔可汗传》② 中出现的"理想的敖包"是鸟禽、野兽和天神聚集的地方。蒙古人的敖包祭祀、祖先祭祀，几乎都在高地、山坡上举行。蒙古人一般认为，高地、山坡是山水神灵居住的、神圣的地方，是接近长生天的地方。该观念与人类童年时期的神话思维有着关联，这已被神话故事所证实。

据笔者对卫拉特史诗、喀尔喀史诗、巴尔虎布里亚特史诗和科尔沁史诗中诗性地理的认识和了解，在上文提到的四种蒙古英雄史诗中的诗性地理中，这些史诗都侧重于后三种类别。这与蒙古英雄史诗的经典形式及其历史虚构性有着直接的关联。这些名称，可视为诗性地理的名称，而无法看作具体地理名称。

---

① 《新疆江格尔　六十部》（蒙古文，乙），内蒙古人民出版社 1988 年、1989 年版，第 1381 页。

② 《十方圣主格斯尔可汗传》，内蒙古人民出版社 1956 年版。

三　方位

蒙古史诗中的方位问题是与其空间观念相关联的问题。以白方英雄们的故乡为世界中心（坐标）来确定方向和方位，是蒙古英雄史诗中的惯例。苍天有根的十方圣主格斯尔、作为上界七个地区梦想的江格尔、统辖三界的首领三百七十五岁的达赖汗的儿子达尼库日勒等，均把自己的家乡看作世界的中心。

与此如出一辙的是，希腊人将荷马史诗中的希腊版图视为整个世界。在某种程度上，这样的观念可能反映了由氏族社会向阶级社会转变的时期，人类由血缘联盟向统一民族转变的理想，或反映了人们渴望结束封建社会割据状态以建立统一国家的愿望。

在史诗中，对于方位的辨别是与战争和婚姻、敌人和伴当、好和坏紧紧连在一起的。

据有些学者的观点，就全部蒙古史诗而言，在卫拉特史诗中对于方位的规范化运用最多，而且这些方位更接近蒙古人的原始方位（方向）观。

卫拉特史诗对于方位的运用大致上是这样的：正面的方位、吉利的方位、伙伴和未婚妻所在的方位与上方、太阳升起的方向相关联；反面的方位、不吉利的方位、敌方和黑方以及地狱所在的方位与下界、夕阳、落日方向相关联。譬如说，江格尔的故乡在太阳升起的方向。江格尔夫人阿盖—沙布塔拉的故乡在早晨的太阳和正午的太阳中间的方向，也就是东南方向。洪古尔的儿子胡顺—乌兰的未婚妻库西—赞丹的家乡位于太阳升起的方向。铁臂萨布尔①的夫人——那仁—达赖汗的女儿诺敏—特古斯也居住在太阳升起的方向。江格尔的伙伴萨里汗—塔巴嘎、哈日—萨纳拉的故乡都位于东南方向的大海的岸边。

　　另外，黑方的人物几乎皆位于落日的方向、阴面、下界或邻近的方向。在新疆六十部《江格尔》中共有二十部明确描述了黑方英雄们的故乡方位，并且二十部的情况都基本相似。杀死乌宗—阿拉达尔汗及其夫人，掠夺他们家乡，使江格尔成为孤儿的指甲倒卷的凶狠的黄色蟒古思就住在北冰海；与江格尔敌对的，掠夺他们故乡的，掠走他们的牛马、民众的十五头兄弟三个蟒古思居住在太阳落山的方向；阿如格—满基的布热拉岱·阿尤胡—道格欣—芒奈汗位于午后太阳的后边；突厥的阿拉坦汗居住在太阳落山方向的南边；强大的库尔曼汗、凶暴的哈日—克纳斯位于太阳落山方向的北边；哈日—特卜克图汗、哈日—库库勒汗居住在西北角的方向；有四十五个护法神、有四十六条命的凶暴的马拉—哈布卡汗和道容噶的凶暴的黑蟒古思们的故乡在地底下的下瞻部洲的地方；阿日巴斯蟒古思汗哈冉惠（不是独立史诗《汗哈冉惠》的主人公）居住在落日处的西北方；凶残的查干汗位于世界的北边。从以上情况，我们可

---

　　① 铁臂萨布尔，蒙古英雄史诗《江格尔》中的人物，为江格尔手下的一名勇士，以手臂强劲有力著称，因此得名"铁臂萨布尔"。——译者注

以看出史诗方位的基本分类和趋势。当然，在有些史诗或章节里，这些方位的基本趋势和分类也存在混淆或被改变的情况。譬如，在婚姻征战为主题的陶日干—枣劳汗的小女儿和萨里汗—塔巴嘎成婚的一章中，陶日干—枣劳汗的小女儿的故乡就位于落日的方向。

蒙古英雄史诗中方位的这种分类和基本趋势与蒙古英雄史诗的二元对立结构模式和蒙古人的原始思维、原始崇拜有关。可以说，人们把所有的美好、正义、光明、吉祥的事物都与上界、太阳升起的方向、阳光明媚的方向联系在一起，把所有的丑陋、邪恶、黑暗、龌龊的事物都与下界、落日的方向、黑夜联系起来。这些方位，一方面是现实实用的方向；另一方面是象征的方向。

四　数量

作为人类基本知识和主要生产工具的数字，在蒙古英雄史诗中被运用得非常广泛，并且具有不同的内涵。史诗中的数字，并非都是真实实用的数字，在很多情况下，史诗中的数字与蒙古人的审美趣味、宗教信仰、伦理道德等息息相关。这里重点讨论被广泛使用的具有"超数字"意义的数量，把它分为以下几类。

"二"是与人类的原始思维和神话观念相关联的数字。因为蒙古英雄史诗基本沿用"二元对立结构模式"，所以截然分离出黑、白天界，黑方神灵和白方神灵，黑方人和白方人（格斯尔三神姊说的话），正、反面形象，以及呈现了好与坏、美与丑的二元分化趋势。这与"天地之道，阴阳刚柔而已"① 的说法完全吻合。"二"反映了史诗的基本结构、形象体系的基本分类、故事情节的基本矛盾。

"三"与古代神话结构有关联：时间上的过去、现在、未来；空间上的上、中、下；历史上的神的时代、英雄时代、人的时代；等等②。这都是和神话传统和人类原始思维息息相关的普遍性问题。在蒙古英雄史诗中"三"这个数字较为常见。譬如说，"路途的三道险岭（困难）""选拔女婿的三项考验""男人的三项竞技""男人的三个遗憾""男人的三种战斗"（骑马作战、武器作战、臂力摔跤）"圣主的三位神姊""檀香般华丽的三棵杨树""三只黄额头的天鹅""三庹长的白木"等。蒙古史诗中"三"这个数字可能是关于礼仪、事务、活动、道德的数字：如果不经历三道磨难，就不算过关；如果不全部完成男人的三项竞技，就不算最后赢得胜利；如果不让战败者说出男人的三个遗憾，就不算大丈夫。在这样的情形下，"二"这个数字显得略少，"三"这个数字显得略多。"三"同蒙古英雄史诗中的"七"一样，也是表示完整的数字。"三"这个数字多被运用在仪式、巫术、宗教信仰、征兆的地方，如"三庹长的白

---

① 黄药眠、童庆炳编：《中西比较诗学体系》，人民文学出版社1991年版，第326页。

② 维柯著：《新科学》，朱光潜译，人民文学出版社1986年版，第26页。

木""檀香般华丽的三棵杨树"等，均蕴含巫术、仪式、宗教信仰等内容。在《阿拜—格斯尔—胡博衮》中，阿拉玛—莫日根嫁给格斯尔，来到夫家献油祭火的时候，从三簇火焰根部长出了金色的柳树，这里的"三族火焰"具有吉祥意味。三乘三等于九，九乘九等于八十一，如九个苏鲁锭、九杆旗、洒祭用的九眼勺、九九八十一彩礼等，这些数字已融入蒙古族在祭祀、礼品、占卜、婚礼、仪式中所遵循的惯例中了。在《江格尔》中，西丽忒—赞丹夫人在婚礼上以"九"为一组组织其仆人，并令其在洪古尔家进出；格斯尔在迎娶阿鲁—莫日根的时候念诵九九数的祷言或举行九年的祝词仪式；茹格牡—高娃被敌人抢劫后，等格斯尔来解救，足足等了九个月；阿拜—格斯尔在祛除阿歹—乌兰所带来的瘟疫的时候，用九年的数字来预算了灾难的度量。以上都是这样的例子。

　　"七"这个数字也和"三"一样，在史诗中较为多见。众所周知，"七"也是天文学研究中常用的数字。东西方的很多民族都特别重视"七"这个数字。在希腊的古代哲学中，"七"与奥林匹斯山主神之一智慧女神雅典娜相媲美。中世纪的基督教，将"七"看作完整的、普遍信奉的数字。在佛教教义中，较多出现的是"七佛""七宝""七海""七完美"等。古人如何理解"七"这个数字，我们现在不能轻易断言，但是，在蒙古人的神话中，讲述"七老人""北斗七星"故事的情形较多，并且蒙古英雄史诗中也有常用"七"这个数字的惯例。"七角的大地""世界的七个角落""上界的七个地区""下界的七个地区""七层大地""英雄睡七宿""行走七宿之路""七七四十九日的交战""让筋疲力尽的骏马吃遍七座山丘的草""酒席转七遍"等，都是这样的例子。这些几乎均蕴含了"完整无缺""圆满无缺"的深层信息。依我看，这里的"世界的七个角落""七角大地"也许是与印度古代神话中关于宇宙结构的认识或观念有关联，即世界存在于金龟的背上，它的四脚、头尾和胸部构成了七个"角落"或"棱角"。蒙古英雄史诗中的数字，后来受到印度古代文化或神话的影响，明显有了佛教的色彩。据相关资料记载，"七堂伽蓝"也是依据佛的头、心、手、脚等七个器官而建造的。

蒙古英雄史诗中出现的"具备十善业力"中的"十善业力"就是梵语中的"dasabala"，是指诸佛菩萨的十种业力。但有趣的是，在《格斯尔》中，把它运用在黑方英雄蟒古思的身上。譬如说，有"积聚十善业力的蟒古思神劳布萨嘎"的说法。

江格尔被描述成为"下界七个地方的梦想、上界十二个地方的理想、世界四汗的心脏"，其中的"十二个地方"很可能是由印度古代神话和佛教教义中出现的八方、上下界、日月等共同构成的。当然，这只不过是对圣主江格尔的赞叹或夸张的说法而已。与神话思维、风俗习惯、吉祥象征有关的这些数字，在蒙古民族历史发展的过程中逐渐被符号化，并留存在集体的记忆当中。

除了上述数字之外，作为艺术夸张手法的数字也不在少数。譬如，"伟大圣主的五百万臣民""七十八个地方的汗们""八千里的远程",还有史诗英雄们"有声七千次和无声八千次的作战方式""骏马往下腾跃一万八千次,往上腾跃八千次""八千九百个世界""四万个汗的半途的四万个世界"等,都是这样的例子。有的例子虽然有着某一社会历史的具体依据,但多数还是艺术化的夸张手法。

在上述这些瑰丽多彩的、浩瀚的宇宙中自由驰骋的主人公就是蒙古史诗英雄们。

第三章

黑、白方英雄的形象体系（一）

如前所述，蒙古英雄史诗中二元对立的结构模式造就了黑、白形象描绘的独特体系。在此体系中，人和蟒古思形象乃至对骏马、房屋、山水的描绘都有了程式化的区别。正面英雄住在白色毡房、宝木巴的高大白房、巨大的白房子、白色雄石建的房子，那里有白公牛守护神和白色湖水。反面英雄们有着黑色青铜盾牌、黑色铁房、黑斑毡房，有着黑斑羸、墨色公马、黑色烈马，还有黑公牛守护神、黑色湖水、放哨的黑色山岭。仔细看，这些对立不是偶然现象。格斯尔的三位神姊也曾说，"黑方的人靠蛮劲，白方的人靠巧计"。① 我们从其他作品中也能看到这种黑、白之间的区分。《满都海—彻辰夫人的传说》② 中有如下描绘：

　　　　若嫁给哈撒尔后代，

　　　　将会踏上黑色道路。

---

① 齐木道吉整理：《格斯尔可汗传》（蒙古文，上下册），内蒙古人民出版社1985年版，第616页。

② 《满都海—彻辰夫人的传说》：满都海—彻辰为达延汗夫人，曾协助其打败强盛的卫拉特部，统一东西蒙古，是蒙古族历史上著名的女英雄和女政治家。《满都海—彻辰夫人的传说》讲的是满都海—彻辰为了维护黄金家族的正统地位，拒绝乌讷博罗特亲王的求婚，并在成吉思汗白宫前立誓要嫁给黄金家族的后裔、年仅七岁的巴图蒙克的故事。该故事被收录于《黄金史纲》《罗·黄金史》《蒙古源流》等历史文献中。——译者注

背离所有民众，

失去夫人之名。

如果嫁给那个小儿（指达延汗巴图孟克——译者注），

将会走上白色道路，

统领察哈尔万户，

得到无限好名声。①

古代蒙古人有一个习俗，即人临死时门口立一根长矛，并用黑毡子裹住。②《蒙古秘史》中有类似的记载："出现白色征兆，会发生什么好事呢？"③ 蒙古人在祭祀祖先的时候，"……斟满九十九匹白色母马的乳汁"④。直到晚近，有些蒙古地区还保留着立"风马旗"的习俗，即在院子的尊贵位置挂一块白布，上面画着或印有九位白马勇士。这一习俗的现代化表现是呼和浩特历史博物馆顶上的白骏马雕塑。

在此，黑、白两色已失去自然的、感官的属性，变成了社会风俗和伦理的象征。这是"色彩的感性—伦理作用"⑤。在世界各民族中，给某种颜色赋予社会伦理意义的现象屡见不鲜。

---

① 贺希格陶克陶编：《蒙古文古典诗歌选注》（蒙古文），内蒙古少年儿童出版社 1985 年版，第 297 页。

② 《蒙古族简史》，内蒙古人民出版社 1985 年版，第 122 页。

③ 巴雅尔标音：《蒙古秘史》，内蒙古人民出版社 1980 年版，第 100 页。

④ 赛因吉日嘎啦、沙日拉岱：《金帐祭祀》，民族出版社 1983 年版，第 143 页。

⑤ 乔治·卢卡契：《审美特性》第一卷，中国社会科学出版社 1986 年版，第 415 页。

比如，以绿色为期望和兴旺，以白色为纯洁和忠诚，以红色为发展与亲切等都是具有普世共性的习俗。当然，各民族对颜色的理解是相对的，有些民族以黑色代表丧葬，有些民族却代之以白色。蒙古英雄史诗里自然也存在这种相对现象，例如，卫拉特《格斯尔》中古藤—哈拉蟒古思将灵魂寄存于白山边白海附近食草饮水的公、母二鹿肚子里。

从风俗、审美的整体趋向来看，蒙古人自古至今以白色和黑色分别代表好与坏、美与丑、正与反、生与死、吉与凶、正义与邪恶，已成固定习俗。笔者认为，无论是对蒙古英雄史诗中作为直接感知对象的具体描绘（如"高大白房""黑色铜房"），还是对作为道德象征的抽象意义而言，将史诗的形象体系分为黑、白两类来进行研究都十分符合蒙古民众的文化心理结构和道德传统。要研究英雄史诗的黑、白形象体系，不应从现代人的政治、品德、审美意识出发，而应从当时的历史和思维特征入手。

在英雄史诗中，黑、白形象的塑造重点使用"粗线"手法。这与古代蒙古文学的雄伟、朴素、明朗的风格有直接关系。这里不重视主人公内在心理的抒情表达而讲究外在形象的粗略描绘；不重视对个性的描绘而讲究氏族部落集体精神的突出表达；不重视日常生活情形中的静态描绘而讲究战争搏斗中的动态描绘。这些都体现了形象塑造的"粗线"手法。这里首先要探讨一下白方英雄形象的基本特点。

一　人性与神性

英雄史诗脱胎于神话，然而它始终未能与神话彻底分离（尤其是创世史诗的主人公与神话的主人公——文化英雄——基本相同）。原始史诗反映了人类在某种程度上支配自然界的胜利欢歌，同时也反映了人们关于超自然力量的种种信仰和幻想，尤其是史诗的编创者们为了给自己氏族的英雄业绩赋予神圣性，常常给保护他们权益的代表性英雄戴上神圣的光环。因而，史诗的白方英雄在多数情况下兼备神性和人性，原始史诗更是如此。这些白方英雄一方面有着人类的欲望、性格、情感、外貌和体型，和凡人一样会喜、怒、哀、乐。阿拜—格斯尔—胡博衮踏着金银轮走上天界时嫦肯—姑罕夫人也跟了上来，他便发怒、抽打她。

用力拔下
湿漉漉的大柳条，
抽得嫦肯—姑罕妹妹
像山羊一样
尖叫着，
像黄羊一样

嘶喊着。①

他们和凡人一样，放牧、打猎、鞣皮、挤奶：江格尔曾经
离开北方的宝木巴故乡，到库日勒—查干海边和娜仁—格日勒
仙女成婚并生了儿子，靠打猎谋生；格斯尔的图们—吉日嘎朗
夫人能挤有三百头牛犊的母牛的奶；穆斯塔腾格里之子威勒—
布图格齐为平定人间大乱而下凡时托生为一名女仆的儿子，他
也遵守了人间法则，遵从母亲的命令，以"世道出生"②。

但是，另一方面他们又出身于腾格里，或源自腾格里：

> 从高高的天上下凡，
> 是身后有牵绳的；
> 在辽阔的大地上稳坐，
> 是身后有支柱的。③

他们有着非凡的力气、智慧、魔法，具有通行上、中、下
三界的技能。江格尔在三岁时征服了古勤津—也克蟒古思汗；
四岁时冲破了四大堡垒之口；五岁时活捉了塔黑的五个魔汗；

---

① 霍莫诺夫搜集整理：《布里亚特格斯尔传》（蒙古文），内蒙古教育出版社
1989 年版，上册第 126 页。

② "世道出生"：以人间常规方式出生。格斯尔三神姊分别从母亲的头顶、右边
腋下、肚脐眼里出生，因此母亲令最后出生的格斯尔以"世道出生"。——译者注

③ 《阿拜—格斯尔》（蒙古文），内蒙古人民出版社 1982 年版，第 562 页。

六岁时打破六大堡垒之口，折断了一百支矛锋；七岁时打败下界七国，江格尔之名传扬天下。格斯尔在三岁时镇压了三个道格西德（凶神），施展法术使畜群兴旺，在搭建白色宫殿时砍的木头自己跳起成为墙板和顶杆，怀里揣着黑白石块放牧，使死去的牛犊复活，做出这些种种奇异事件之后，他最终除掉了十方十恶之根。格斯尔上身具备十方神佛，中身具备四大腾格里，下身聚集八大龙王。敌方捆绑洪古尔后："夜里在他的四肢上钉进四根檀香木大楔子，让四千个勇士围守。白天不停歇地鞭打他，整整四个月不停鞭打也未能杀死他。在十五个风箱的大火上烤红了两臂长的红钢钎，往他的喉咙里每日插四五次也未能杀死他。把他捆起来扔进火堆里，结果火堆上方出现屋顶般大的乌云，同时下起雨雪冰雹，把火灭掉了。把一百块公牛般大小的黑石头拴在洪古尔身上，把他扔进冰冷黑色海水中，他又像葫芦般地漂浮起来。"① 嘎拉—诺尔曼汗的伙伴嘎拉珠—巴图尔和阿拜—格斯尔的勇士伯通乌兰—巴图尔搏斗，把他从头顶到脚底一刀劈开，他的身体却：

> 在清晨刚初升的太阳下，
> 以草尖相连了，
> 在中午的黄色太阳下，

---

① 《江格尔》（蒙古文），内蒙古人民出版社 1958 年版，第 293—294 页。

以芦根相连了。①

　　别说躯体，就连英雄身上滴下的汗水、流的血液、滴的眼泪都充满了魔法或毒气。格斯尔和罗布沙蟒古思搏斗时，格斯尔的汗水流到西边，喝了其汗水的动物纷纷痊愈；罗布沙的汗水流到东边，喝了其汗水的动物统统死去。②

　　与史诗英雄形象的神性相关联的一个问题是他们的变身魔法。国外学者将其称为"巫术魔法"。下界的七国所梦想的、上界的十二国所向往的、人间四位大汗所恐惧的江格尔就有七十二种变身魔法；阿日嘎—乌兰—洪古尔也有七十二种变身魔法；根除十方十恶之根的圣主格斯尔有一千五百种变身魔法。史诗英雄们的变法有很多种，比如，高贵者变为凡人，人类变为动植物，神仙变为人类，蟒古思变为神仙等。洪古尔把奥出勒青马变为长疥疮的棕马驹，自己变为秃头小儿。人间美男子明彦化身为毒蛇之神，穿过一万八千个侍卫，进入了大力士库鲁曼汗的宫殿。有时，反面英雄们也会用肮脏丑陋之物迷惑、玷污正面勇士，使其变为野兽或蟒古思：《汗哈冉惠》中天界信使沙日—马宁蟒古思引诱汗哈冉惠吃黑色魔食，将其变为愚蠢的长有九十九颗头颅的黑色蟒古思；《格斯尔》里蟒古思罗布沙化身为呼图克图大喇嘛，在格斯尔的头上放驴子的图画使他变成了

---

　　①　《阿拜—格斯尔》，内蒙古人民出版社 1982 年版，第 353 页。
　　②　《十方圣主格斯尔可汗传》（蒙古文，上下册），内蒙古人民出版社 1993 年、1997 年版，第 97 页。

驴子。史诗中出现的仙女、夫人们，通常化身为天鹅、麻雀、仙鹤、杜鹃、蜜蜂、蝴蝶等。

这些变身魔法虽然在一定程度上违反了现实世界中的自然规律和生活中的逻辑，但它符合远古民众的心理、想象、幻想的逻辑，具有自身的规律和法则。格斯尔即使有一千五百种变身魔法，但也无法改变额头上的痣和四十五颗洁白的牙齿。阿鲁—莫尔根虽然能化身为蟒古思的姐姐，但改变不了耳朵上的三个旋涡。科尔沁史诗中，反面英雄蟒古思的女儿虽然变化多端，但不会隐藏尾巴。

史诗英雄们的这些变身在一定程度上遵循了生活经验。阿鲁—莫尔根和纳钦汗作战时想变身为纳钦汗的女儿奈乎莱高娃的模样，但因为从未见过对方，所以始终未能变身。觉如杀了头牛犊，吃完肉后把它的骨头装入皮囊里让它复活时，他哥哥为了向父亲告状，把牛尾巴偷走，结果复活后的牛犊没了尾巴。《格斯尔》中蟒古思母亲的命根是一根铜针，铜针被折弯，她就会倒下，而铜针被拉直时她便又站起来。

不只是人物的变化，连物质的转换也要遵循某种生活规律。史诗中，扔梳子可以变出上神树，但不可能变出山岭；扔磨石可以变出山岭，但无法变出上神树。

史诗英雄形象的神性与人性、高贵性与平民性在其发展过程中经历了许多变化。最初，神性、高贵性更浓厚，后来人性、平民性愈加突出了。史诗英雄的神性其实也是人性理想化、幻想化的结果。

二　共性与个性

上文将英雄史诗白色英雄形象研究的重点放在人性与神性上，这里将侧重探讨英雄形象的共性与个性。

英雄史诗萌芽时期是：

> 只要有血有肉的人就要虏走，
> 只要有缰绳的马就要牵走。

在那个灾难重重的乱世时代，生产力十分低下，因而外来氏族部落的袭击和自然灾害时常威胁着人们。要战胜它们，人们就得依赖全氏族部落的集体力量和智慧谋略，要依靠群体力量。在这样的社会历史条件下，人的个体性、主体意识还未充分发展起来，个体的意识兴趣往往会融入将他们的生命紧密相连的共同体中，氏族意识、血缘意识把人们紧紧联系起来。他们的英雄主义、名誉意识、荣誉感和他们所生存的共同体有着直接的关联。这时个体仅仅是：

> 野外遗弃的尸骨，
> 人间流传的名声。

正因为如此，很难用现代的典型性理论来衡量史诗英雄的形象。总而言之，史诗形象与其说是典型性的形象，不如说是类型化的形象更为精确，那些英雄们的形象有着明显的类型化的共性，而个体性很弱。史诗中虽然有"巴图尔""莫尔根"等行业技能的区别，但是对个人而言，其个体性差异却并不明显。在此，整个部族群体的意志和个人的意志、理想得到统一，内心的希望、需求和外界事件也得到了统一。这正如亚里士多德所说，史诗的英雄们为了履行英雄业绩而按着程序规则扮演其角色，因而事件先于人物形象的塑造。

国外一些学者早已注意到，蒙古史诗中出现的男女主人公形象在某种程度上是类型化的。

对男性英雄形象的最简单的描绘是：

脸上容光焕发，
眼睛炯炯有神。

此外，还有：

脸上容光焕发，
眼睛炯炯有神，
胫部强劲有力，
脖颈挺直健壮。（《罕哈冉惠》）

更细致的还有：

双眼闪闪如星，

脸颊光彩如玉，

胸部宽阔有力，

拳头坚硬有神。(《十八岁的阿拉坦—嘎鲁海》)

进一步展开则有：

像冲向十万只羊群的

棕红色的野狼，

像冲向一万只羊群的

鲜红色的野狼（新疆《江格尔》）

你是套着缰绳的大鹏之子，

我的乌兰洪古尔诺彦！

你在战争中是长铁矛之尖，

你是冲向羊群的红色野狼，

你有拱背兔子的蹦跳，

你有雄鹰猎鸟的猎术。（新疆《江格尔》）

这种适合任何一位白方男性英雄的程式化形象描述在史诗中频繁出现。

对女性勇士的简单描述有：

光辉透过毡帐，

面容红润亮丽；

光彩透过墙壁，

脸颊红润明亮。

展开为：

背过脸去，照得

那边海里的鱼儿清晰可数；

转过脸来，照得

这边海里的鱼儿清晰可数；

脸比红血还红，

面比白雪还白。

进一步扩展的是：

在月光下看似乎会凝结，

在阳光下看似乎会融化。

后面犹如羔羊欢叫跟随，

前方如同马驹聚集奔跑。

再扩展为：

面向北方睡时，

北方的人们

在其明亮的光辉中

疑为天已亮，

太阳已出来，

便掀开天窗盖子

扔了灰烬，

出来挤牛奶。

面向南方睡时，

南方的人们

疑为天已亮，

掀开天窗盖子

扔了灰烬，

出来挤牛奶。

光彩透过毡帐，

脸庞明亮优美；

霞光透过屋顶，

脸庞清澈美丽。

正是这样，通过对同一个意象或扩展，或尾韵交替①，或重

①　尾韵交替：隔行交错的压尾韵手法。

复和叠加来对男、女英雄分别进行平面化描述。这种模式化的描述手法自然而然地使人物形象成为"想象的类型化概念"①。史诗英雄的形象越是共性的、抽象化的，也就越失去了其独特性，白方勇士的形象最终成了"强大""高贵""有益"三者的象征符号。与此同时，以蟒古思为主的黑方英雄形象则更加抽象化和模式化，成为"强大""低贱""有害"三者的象征符号。

　　"具体事物是偶然的，抽象事物是永恒的。"② 蒙古史诗中白方英雄的抽象化共性成为整个部族群体的完美楷模。正如黑格尔所说，史诗作品"表现全民族的原始精神"③，因此史诗的白方英雄是"完整的个体，把分散在许多人身上的民族性格中光辉的品质集中在自己身上，使自己成为伟大、自由、显出人性美的人物，他们才有权处在首位，当时大事都要联系到他们的个性来看。他们是全民族意志的集中体现，成了有生气的个别主体，所以他们在主要战役中战斗到底，承受着事变的命运"。④

　　蒙古英雄史诗中的白方英雄身上显而易见的那些共性，集中体现了整个部落群体的集体意志、精神气质、理想愿望和道

---

① 维柯著：《新科学》，朱光潜译，商务印书馆1989年版，第179页。

② 黄药眠、童庆炳编：《中西比较诗学体系》，人民文学出版社1991年版，第281页。

③ 黑格尔著：《美学》第三卷下册，朱光潜译，商务印书馆1981年版，第108页。

④ 同上书，第137—138页。

德习俗。

三　高贵性与幼稚性

作为从野蛮时代转向文明时代期间游牧部落社会力量的代表，整个部落群体的精神象征，从氏族社会贵族转变为阶级社会统治者时期的社会支柱，原初蒙古民众的语言艺术中的原始意象，史诗的正面英雄们必须具备成为万人之头，千人之首，"让四十九个汗叩拜在马镫之下"的先决条件。这种条件的重要内容是他们那源自腾格里天神的身份、神系亲缘和非凡成长等。格斯尔原是霍尔穆斯塔腾格里的次子，他来到人间，降生于其人间母亲时就有非凡的征兆：

　　　怒瞪右眼，

　　　圆睁左眼；

　　　举着右手，

　　　攥着左手；

　　　抬着右脚，

　　　伸着左腿；

　　　咬紧白海螺般的四十五颗牙。[①]

---

① 《十方圣主格斯尔可汗传》(蒙古文，上下册)，内蒙古人民出版社 1993 年、1997 年版，第 15 页。

他出生时使人间的人鬼望而生畏，在摇篮里时就镇压了试图啄瞎他双眼的鬼乌鸦，除掉了想咬掉他舌头的长着羊齿狗嘴的魔鬼。

在新疆的六十部《江格尔》中，是这样描述江格尔的诞生的：乌宗—阿拉德尔汗的夫人乌冉—彻晨—坦布绍怀孕生下一团蓝色盲肠，用霍尔穆斯塔所赐的蓝色锯齿石头锯开，变成了一个两肩之间有一颗棕红色痣的男孩。江格尔七岁时镇压下界七国之汗，被封为"乳海之汗江格尔""苏米尔（须弥尔）山之巅峰江格尔"。

当江格尔的儿子阿尔巴斯—哈尔出生时，天上降下智慧甘露，百鸟啼鸣，天上出现七色彩虹。男孩出生一两天后便从他母亲的怀抱里站起来，去巡游陶古斯—阿尔泰山。[①] 后来他打败了额尔古—蒙根特尼格汗，替父亲报了仇。锡林嘎拉珠巴图尔出生时手持钢刀，脚穿铁靴，手里攥着敌人的心脏。[②] 史诗的白方英雄往往不同于凡人，会在母亲肚子里待足十二月，出生时会伴随诸如出现彩虹、发出亮光、手攥血块等奇异现象，时以为日、日以为月地快速成长，孩童时期完成伟绩，获得腾格里与龙王的辅助等。这些都体现了他们的高贵性，也与史诗不可

---

① 《新疆江格尔》（蒙古文，乙），内蒙古人民出版社 1982 年版，第 1634—1635 页。

② 仁钦道尔吉搜集整理：《锡林嘎拉珠》（蒙古文），黑龙江人民出版社 1978 年版，第 29—30 页。

侵犯的神圣地位和崇高性等特征有关。

有趣的是，人类童年时期的情感、习性在这些英雄和汗王身上留存下来。由于他们缺乏理性思维，很容易情绪波动，容易激动、亢奋、暴怒、哭泣。有时，他们眼泪的力量胜过理性的力量。江格尔有时以哭泣打动手下的勇士去作战。为赶回突厥阿拉坦汗的一万匹黄斑马，江格尔挥洒宝珠般的黑眼泪而哭泣，又用黑色丝绸衣袖左右地擦拭，最后打动了勇士明彦出征。蟒古思的公牛守护神夜里来到格斯尔身边，在他脸上拉了如山一般大的粪便，舔断了格斯尔坐骑枣骝神骏的尾巴和三十支绿松宝石扣白翎箭之翎毛，这时根除十方十恶之根的圣主格斯尔无奈地哭泣，他的神姊化身来教导并安慰道：

> 我的阿拜你要哭泣就回去。
>
> 男人不是因为争强好胜吗？
>
> 女人不是因为善于嫉妒吗？①

力量的化身洪古尔因婚事半途而废，回家路上感到羞愧不已，哭了一次；因饥饿疲惫回不到家，哭了一次；路途因思念北方的宝木巴故乡又哭了一次。

---

① 《十方圣主格斯尔可汗传》（蒙古文，上下册），内蒙古人民出版社 1993 年、1997 年版，第 139—140 页。

在布里亚特《格斯尔》中，阿拜—格斯尔的大儿子瓦齐尔—博格达—胡博衮在路上因大岩石挡路，焦急地卧倒在地上，手抓着地：

> 眼泪止不住地流下来，
> 流成了一片大海；
> 眼泪吧嗒吧嗒滴下来，
> 流成了一片大海。①

此时，勇士的高贵、雄伟和傲气已消失得无影无踪，人类童年时期的可爱习性暴露无遗。在这里，我们可以清晰地看到蒙古英雄史诗在原始萌芽时期的痕迹。

高贵与低贱、美丽与丑陋在白方史诗英雄身上神奇地融为一体：源自腾格里的救世主格斯尔可汗出生在一个住着破旧黑色帐篷、打猎鼠兔维持生计的贫穷老夫妇家；下界七个地方所梦想、上界七个地方所向往的、十五的月亮般威武的江格尔，化身为丑恶不堪的秃头小儿；珍宝额头上聚集千条龙、拇指发出两条闪电龙的格斯尔，到十五岁时候仍是鼻涕孩儿觉如的形象，流着金黄的鼻涕，使美丽的夫人茹格姆—高娃感到十分厌恶。史诗中的孤儿形象也往往是与"高贵"

---

① 霍莫诺夫搜集整理：《布里亚特格斯尔传》（蒙古文），内蒙古教育出版社1989年版，第77页。

相反的"低贱"的形象，江格尔正是流落为孤儿后，被布赫—蒙根—西格希日格俘虏并收养。史诗英雄做成某件事时，通常会化身为秃头小儿、鼻涕孩儿、衣衫不整的寻觅者、衣不遮体的乞丐等。

细看则发现，因为史诗英雄们的艺术原型、意象正是萌芽于氏族社会转向阶级社会时期，所以白方英雄形象会将平民主义和贵族主义集于一身，氏族社会的平等主义在其身后如影相随，而阶级社会的特权主义则在前方招手呼唤。因此，可汗与乞丐、高贵与低贱、圣主格斯尔与鼻涕孩儿觉如、诺彦江格尔与秃头小儿等都在同一个人身上得到了统一。一会儿源自腾格里的贵族、人间首领，一会儿是个孤独无助、从喂狗的破碗里吃饭、差点成为鸡狗之食的孤儿；一会儿像那在四十四条腿的椅子上正襟而坐完美的十五的月亮般光彩照人，一会儿是抓挠头顶时掉下十条蛆虫，抓挠脖颈时掉下五条蛆虫的秃头小儿，骑着长着疥疮的棕色马驹，一颠一颠地奔跑。

从美学角度看，以上形象是庄严肃穆和幽默讽刺、悲剧和喜剧、内在机智和外在愚蠢相结合的有趣的形象。这是审美的异化现象，也是属于美学范畴的。

这些形象中洋溢着诡计、狡诈、讥讽，并通过鲜明的对比，给人以艺术的喜悦。对外貌形象上体现的外在的嘲讽、对性格脾气上体现的举止行动的嘲讽以及对内心里泉涌的智谋的讥讽，自然而然地震撼人心，展现了艺术的巨大魅力。蒙古族文学，尤其是其民间文学中有这种滑稽形象的传统。"巴拉根仓"①
(喀尔喀称之为贝兰僧格)和"疯子"沙格德尔②就属于这类形
象。这些形象是社会历史和现实生活之间矛盾冲突的自然反映。
史诗的这些形象与氏族民主、民间文学的"人民性"以及人文
主义有直接的关联。正如德国作家和思想家托马斯·曼(Thom-
as Mann)所说:"史诗的讽刺实为心灵的讥讽,充满爱的讥讽,
对弱小者的伟大同情。"③ 文化社会的丰富内涵激活了这些形象,
使其闪耀出光芒。

四 纯洁的内心和残暴的性格

黑格尔曾说:"在史诗的世界情况里……没有固定的道德规
章和法律条文之类普遍生效的东西,……应该成为唯一根源和
支柱的是是非感,正义感,道德风俗,心情和性格。"④ 崇尚力
量、意志、战争的英雄主义和荣誉自豪感是蒙古英雄史诗中白

---

① 巴拉根仓:巴拉根仓是蒙古族家喻户晓的机智英雄,是蒙古族民间文学中虚
构的一位传奇英雄。巴拉根仓的故事遍布于我国蒙古族聚居区以及国外的蒙古国和俄
罗斯的布里亚特共和国,讲述的是巴拉根仓与官吏、财主、上层喇嘛展开智斗的各种
故事。——译者注

② "疯子"沙格德尔:巴林旗的沙格德尔是近代蒙古族杰出的民间即兴诗人,
口齿伶俐,游历各地,创作了很多悲悯百姓、嘲讽封建官吏和财主的讽刺谴责诗歌,
因而得名"疯子"。他去世后有关他的故事传说和讽刺谴责诗歌广泛流传于内蒙古各
地。——译者注

③ 舍斯塔科夫:《美学范畴论》,湖南文艺出版社1990年版,第253页。

④ 黑格尔著:《美学》第三卷下册,朱光潜译,商务印书馆1981年版,第
117页。

方英雄精神、心灵的常胜武器。为了土地牧场、氏族部落、伙伴安达，为了英雄事业，他们把生命与年岁挂在刀剑之尖，呼喊着：

> 不就是一碗热血，
>
> 洒在哪座山坡上，
>
> 不都是一样吗？
>
> 不就是一具尸骨，
>
> 躺在哪座山坡上，
>
> 不都是一样吗？[①]

他们"将憎恨的敌人踩在脚下，将仇恨的敌人降服在马前"[②]，对死亡丝毫不惧，勇往直前。

在史诗里，别说是年轻的勇士们，连老人小孩都是按照这样的标准要求自己，傲气地站在众人面前的。《格斯尔》中察尔根老人得知将与魔鬼的工布汗交战时说：

> 身上的骨头已朽，
>
> 黑血变得浓又衰，
>
> 何必惜爱我这骷髅身？

[①]　《江格尔》（蒙古文），内蒙古人民出版社1958年版，第213页。

[②]　齐木道吉整理：《格斯尔可汗传》（蒙古文，上下册），内蒙古人民出版社1985年版，第158页。

不去与远方的敌人作战？

为四个孙子做榜样，

将此盛宴的鲜血红茶

喝够再离别！①

新疆《江格尔》里洪古尔那早产一个月的儿子，祈求父亲带他参战，说道：

男人在家待三个月，

不就成了家中的累赘吗？

公马在群里待三年，

不就成了马群的累赘吗？

可汗的武器在家挂三年，

不就成了锈蚀的废物吗？②

在江格尔的孩子古南—乌兰绍布西尔和道克申—希日库日库的士兵们作战时，江格尔的三十三个勇士们见了，对孩子疼爱不已纷纷要拥抱亲吻他，孩子却说"先以战争的礼数来办"，就把

---

① 《十方圣主格斯尔可汗传》（蒙古文，上下册），内蒙古人民出版社1993年、1997年版，第358页。

② 《新疆江格尔》（蒙古文，甲），内蒙古人民出版社1982年版，第885—886页。

勇士们留在后面，朝敌人奔去。①

史诗正面英雄之间的关系不能仅仅归结为汗和使臣、主人和奴仆的关系。他们因崇敬英雄、为创建英雄伟业、为英雄荣誉，不因律法而是自愿地结合在一起，结拜为兄弟或安达好友。因此，他们非常重视这种誓约和义气。阿乐德尔—诺彦—江格尔因失去阿日嘎—乌兰—洪古尔，悲痛不已，说：

> "对眼见而告知的人……
> 若是孩子，
> 则给你阿拜—格日勒夫人般的幸福；
> 若是年轻人，
> 则赏赐我边疆土地与你；
> 并封你为汗！"
> 在他这般吼叫声中，
> 岩峰的黑石被震得粉碎。②

宣布将边疆土地分给告知者，并愿与其分享幸福生活。格斯尔的夫人茹格姆—高娃在被锡莱河三汗抢走的时候，嘉萨—席克尔十分悲痛地对格斯尔说："我要用毡子蒙着脸去见

---

① 《江格尔》（蒙古文），内蒙古人民出版社 1958 年版，第 229—230 页。

② 《新疆江格尔》（蒙古文，甲），内蒙古人民出版社 1982 年版，第 606—607 页。

吗？……我该说什么，不如一死了之，我这一条命有什么值得爱惜的？"① 继而视死如归地奋战，最后牺牲了性命。

> 男人终为一句誓言，
> 公马只从一条鞭子。②

他们视此为最崇高的品德，不只对亲朋好友如此，连对敌人也以男人的法则真诚相待。

> 马鞍的皮绳不是有三个衔接吗？
> 男人的遗嘱不是有三条吗？

在杀死敌方之前让敌人说出遗愿，让他心无遗憾。他们在作战时遵循的原则是：

> 摔倒时不去打，
> 下坡时不去推，
> 倾斜时不拳打，

---

① 齐木道吉整理：《格斯尔可汗传》（蒙古文，上下册），内蒙古人民出版社1985年版，第371页。

② 《十方圣主格斯尔可汗传》（蒙古文，上下册），内蒙古人民出版社1993年、1997年版，第387页。

只求比试力量。①

因此，有些国外学者认为蒙古史诗里没有阴谋诡计。有时，在征战双方彼此旗鼓相当、心意相投时，则：

在战争时结为朋友吧！
在动乱中成为依靠吧！

就这样相互起誓，结为兄弟，终身为伴。

甚至反面英雄们也把守诺言、讲诚信视为崇高品德。在《格斯尔》中魔鬼的工布汗因打赌输了，导致他的勇士塔斯格被杀，自己也受了伤，但他坚决拒绝手下提出的换人的做法，说因射箭时打了赌，不能违背誓言。

一旦战败时，史诗英雄会希望尽快结束自己的生命，尤其希望死于自己的武器，认为战败后偷生是极为耻辱的事。新疆《江格尔》（乙）中凶猛的哈日—苏诺黑在和洪古尔的打斗中败下阵来，当洪古尔的黑色顿剑离他的脖子有一指距离时，他取下了自己马背上的剑递给洪古尔，希望能死于自己的剑下。《胡德尔—阿尔泰汗》中为寻找未婚妻而起程的青照日格图—青格勒打赢米勒—乌兰，掏出自己的黑色折刀正要切开对方的胸脯

---

① 朝鲁、巴拉吉尼玛演唱，波·特古斯整理：《阿斯尔海青》（蒙古文），内蒙古人民出版社 1979 年版，第 96 页。

时，米勒—乌兰说："你那破刀怎能切开我的胸脯"，便从靴筒里掏出黑色金折刀递给了青照日格图—青格勒。此时，他们似乎想着虽然自己已败，但武器未败，因而释然地死去。有时，勇士还为了尽快结束自己的生命，向敌方告知自己最脆弱、隐秘的命根的所在之处。因为他们坚信力量的胜利比人的胜利更重要。

> 若是好汉，则结为兄弟；
> 若是懦夫，则吃你的热血，
> 喝你的温血。①

这一说法反映出他们崇尚力量的意识，和当时的思想品德标尺。

英雄坦率直爽性格的另一面则是野蛮残暴的脾性。他们有时：

> 怀着恶狼之心，
> 有着铁石心肠。②

对战败的一方，他们烧杀抢掠，连孤儿、小狗都不放过，

---

① 《宝木额尔德尼》（蒙古文），内蒙古人民出版社1956年版，第70页。
② 《阿拜—格斯尔》（蒙古文），内蒙古人民出版社1982年版，第96页。

一块骨头、一点灰烬都不留下。对战败方绝不手下留情。

> 血液喝三口，
> 鲜肉吃三口。①

> 从其后背上剥下足够做四条马镫带的皮子，
> 剥下足够做四个皮夹的夹皮。②

英雄在战场上砍掉敌人的头，并作为缨穗挂在马脖子上奔跑炫耀是常见的事。连懦弱爱叛变的晁通（格斯尔的叔叔）也曾割了很多被别人砍死的敌人的拇指，装满箭筒，当作勋章向人们炫耀。史诗英雄残暴凶狠脾性的一个生动的例子就是格斯尔的阿勒玛（阿珠）—莫尔根夫人的形象。阿勒玛（阿珠）—莫尔根夫人因格斯尔镇压阿布日古—彻晨蟒古思后和图们—吉日嘎朗夫人一起长时间享受幸福生活而暴怒，射掉了格斯尔帽子上的红缨，又因七岁儿子故意指错格斯尔的去向而怒骂他：

> 因为他自幼小
> 就学会了说谎，
> 便愤怒地跳起

---

① 《新疆格斯尔》（蒙古文，乙），内蒙古人民出版社1988年、1989年版，第1192页。

② 同上书，第1356页。

就把他撕成两半了。①

　　史诗英雄的性格、脾气和品德不能用文明时代的标尺来衡量，这些同人类的童年时期、氏族部落的原始文化有关，这是毋庸置疑的。正因为史诗英雄们的这些脾性反映了当时社会的审美之最高水平，因此至今它们仍未丧失其艺术魅力。白方英雄们的性格、品德主要在和黑方英雄们的搏斗过程中得以充分体现。

---

① 《阿拜—格斯尔》（蒙古文），内蒙古人民出版社 1982 年版，第 554 页。

第 四 章

黑、白英雄的形象体系（二）

一 "恶之诗学"的开端

在作为蒙古英雄史诗黑、白形象体系的主要组成部分的黑方英雄形象中，蟒古思形象是最具代表性的形象。蟒古思的形象是留存了人类与野兽的某一特性、重叠了社会属性与自然属性、结合了现实与幻想的容量的复合形象。"从家里吼叫着跑出去，晃着四十八支犄角抛撒着黑土，四处寻找有没有来犯的敌人。"[①] 从这一点来看，蟒古思像是野兽；从抢劫美女、结为夫妻、繁衍子孙来看，蟒古思又像是人类；从穴居山洞来看，蟒古思像是猛兽；从生活在豪华宫殿来看，蟒古思像是王公贵族；从化身一股旋风的特点来看，蟒古思像是自然现象；从戴盔披甲作战来看，蟒古思像是英雄和将军；从蟒古思的灵魂是金蜘蛛和长蛇来看，蟒古思像是魔鬼；从施展各种魔法和巫术来看，蟒古思像是神仙。

蟒古思的形象，如果说最初的时候是自然力量的化身，那么后来就变成了社会上一切凶恶、残暴力量的化身。蟒古思的形象，在蒙古英雄史诗中同白方英雄们的形象对峙而立，具有"审美逆向价值"，这实际上是以反面形象实证美学价值。关于

---

① 《十方圣主格斯尔可汗传》（蒙古文，下册），内蒙古人民出版社1956年版，第281页。

蟒古思的记载和描绘，虽然在蒙古书面文学(《蒙古秘史》)和口头文学、古代作品和当代作品（比如有些当代作家把反动派描述为蟒古思）中有所涉及，但很少见到蒙古英雄史诗那样完整的程式化描绘。蟒古思形象的这一体系，为蒙古人民的英雄史诗开启并丰富了"恶的诗学"（苏联的著名美学家 M. A. 利弗西子的话），其引人注目也就不足为怪。

对作为黑方英雄形象之代表的蟒古思，蒙古英雄史诗从其外貌、心智、品性、功能、灵魂、守护神到骏马、宫殿、环境、自然、亲属、伙伴，都按照"恶的诗学"做了程式化的描述。从总体上来看，蟒古思形象具有人性和兽性（自然的和超自然的）的复合属性。蟒古思形象一方面作为某一自然力量的化身，将凶猛野兽、凶暴动物的器官移植在自己身上；另一方面作为某种特定社会力量的化身，蟒古思又把人的欲望、心智、性欲孕育在自己身上。

"丑"是"恶"的一种表现，是"非匀称事物的零乱结合"①。史诗中的蟒古思形象，从内在心智到外在容貌全都充满了丑恶。蟒古思有巨大的躯体，有多个丑恶的脑袋，指甲和牙齿都长到一庹长，长着坚硬的尖嘴，这样的诗歌描述段落是描绘蟒古思部落的常用手法。蟒古思的牙签是一根庹长的铁棍，塞到牙缝里的肉是两三个孩子。② 蟒古思睡觉的时候，猫头鹰在

---

① 舍斯塔科夫：《美学范畴论》，湖南文艺出版社 1990 年版，第 138 页。
② 齐木道吉整理：《格斯尔可汗传》（蒙古文，上下册），内蒙古人民出版社1985 年版，第 236 页。

其嘴唇边上筑巢繁衍，毒蛇在其鼻孔里冬眠。[1] 这些都破坏了美的平衡，给人带来巨大的恐惧。蟒古思浑身有毒，他的眼光射到的地方，草木枯萎，泉水枯竭，野兽死亡，人类染病。蟒古思被英雄杀死之后，肠子变成毒蛇，头发变成虫子，血液滴落的地方长出刺沙蓬和蒺藜，狼犬在其胸腔里做窝繁殖。[2] 蟒古思的灵魂是黑蜣螂（甲虫）、黄蜂、角蛇等[3]怪兽异虫。蟒古思的居所是山洞、黑窑、"臭味扑鼻来，蛆虫满地爬"[4]：

> 看起来像房子，
>
> 但没有窗户。
>
> 虽然有墙架和椽子，
>
> 但没有门窗。[5]

蟒古思（故乡）的环境景色是：

> 刺眼又肮脏丑恶的

---

① 色楞演唱，瓦尔特·海西希、法依特、尼玛记录整理：《阿拉坦嘎拉巴汗》（蒙古文），内蒙古文化出版社 1988 年版，第 22—23 页。

② 巴·布林贝赫等编：《蒙古族英雄史诗选》（蒙古文，上册），内蒙古人民出版社 1988 年版，第 59 页。

③ 齐木道吉整理：《格斯尔可汗传》（蒙古文，上下册），内蒙古人民出版社 1985 年版，第 697 页。

④ 巴·布林贝赫等编：《蒙古族英雄史诗选》（蒙古文，上册），内蒙古人民出版社 1988 年版，第 966 页。

⑤ 同上书，第 21 页。

> 使人恶心的群山，
>
> 刺鼻且臭气熏天的
>
> 恶疽散发的山群，
>
> 落脚都提心吊胆的
>
> 浮肿发红的山岩，
>
> 触摸就染上病毒的
>
> 湿风黄水的土地，
>
> 碱草（羊草）是黄铜的，
>
> 隐子草是紫铜（赤红）的，
>
> 黑艾草是生铁的，
>
> 刺沙蓬是青铁的。①

蟒古思的故乡，有妖河流淌，有互相撞击的两座山，有剑树黑林，有一旦发现敌人来就给主人托梦的杨树等充满精灵鬼怪的自然。此外，从天空降下的是石头冰雹和倾盆血雨。

蟒古思的坐骑，常常是鬃毛和尾毛稀少且短小的、四只蹄子外翻的、瘦骨嶙峋的白驴子，瘸腿的白驴子，青灰骡子或者骆驼模样的走马，事铁黑车等。蒙古民众认为毛驴和骡子不祥的观念，在这里得到了很好的印证。

和人类一样，史诗中的蟒古思也有其自身的守护神。这些

---

① 《蒙古族文学资料汇编》（第四册），内蒙古语言文学研究所 1965 年版，第 58 页。

守护神最初都是各种野兽、石头、树木或者是黑方的腾格里天神（比如在布里亚特《格斯尔》中），它们关系到泛灵论、拜物教和萨满教，到后来受佛教的影响变成了喇嘛和佛。

> 朝北倒坐的寺庙里
>
> 供着腰挎布鲁棒的神佛。
>
> 向腰挎布鲁棒的神佛
>
> 祭祀的是牤牛的睾丸。①

在科尔沁史诗里还会经常出现诅咒师黑喇嘛、占卜喇嘛、仙人喇嘛，他们与白方英雄们针锋相对，帮助蟒古思施展各种魔法邪术。对于这些喇嘛们的描绘，也是借助佛教民俗及"恶的诗学"完成的，这一点很有趣。

> 把驴驹皮的内衣
>
> 翻过来里子穿上了，
>
> 把毛驴皮的偏衫
>
> 毛朝外穿上了，
>
> 把刺猬皮的斗篷
>
> 领子朝下穿上了，

---

① 色楞演唱，瓦尔特·海西希、法依特、尼玛记录整理：《阿拉坦嘎拉巴汗》（蒙古文），内蒙古文化出版社 1988 年版，第 273 页。

把狗皮做的法衣

颠倒过来披上了，

把红辣椒般的尖帽

高高戴在头上了，

把毛驴尾巴的拂尘

随手挂在锁骨上了，

把翘曲的黑色金刚杵

握在手中起来了。①

在此，"偏衫""斗篷""法衣""尖帽""金刚杵"等都是喇嘛们穿戴使用的法衣和法器。"红辣椒""拂尘"源自农业文化和本子故事。下一章将专门进行相关论述，故这里不再赘述。

这些黑方的喇嘛们在供奉神灵、点燃煨桑的时候不是烧檀香等洁净香料，而是用奇臭无比的猪狗屎尿。蟒古思部落在向喇嘛膜拜的时候，不是双手合十举过头顶或者放在胸前，而是从胯下向喇嘛膜拜。蟒古思喇嘛在给人赐福的时候，不是用手触摸人的头，而是触摸臀部或生殖器。

叫人憎恶、恶心的这些"丑"的描绘，将丑恶描绘的艺术表达发展得细致入微，栩栩如生，充分呈现出民间口头艺人们关于艺术的细腻观察和卓越才华。

---

① 色楞演唱，瓦尔特·海西希、法依特、尼玛记录整理：《阿拉坦嘎拉巴汗》（蒙古文），内蒙古文化出版社 1988 年版，第 132—133 页。

除了蟒古思部落的坐床喇嘛之外，同蟒古思有密切关联，并常出现的是一些女性形象。这里可以提及的有蟒古思的姐姐、姑姑、"远方母亲"、妹妹及女儿等。蟒古思的母亲和姐妹们是作为蟒古思灵魂和命根子的守护者、参谋者、庇护者的形象出现的。在这些女性身上积聚着丑陋龌龊的特征，她们"眼睛陷进去一庹之深，眉毛垂落到胸部，乳房垂落到膝盖"①，在手里拿着铁鞣皮刀或一千庹长的棍子行走。

> 两只眼睛的眼皮
>
> 奋拉下来盖住了脸，
>
> 两个脸蛋的脸皮
>
> 奋拉下来盖住了乳房，
>
> 两个乳房的奶头
>
> 奋拉下来打在肚脐眼上，
>
> 肚脐上的肚皮褶子
>
> 奋拉下来盖住了膝盖，
>
> 膝盖上的髌骨
>
> 奋拉下来堆在脚上。②

> 想看大千世界

---

① 齐木道吉整理：《格斯尔可汗传》（蒙古文，上下册），内蒙古人民出版社1985年版，第467页。

② 《阿拜—格斯尔》（蒙古文），内蒙古人民出版社1982年版，第613—614页。

却只长了独眼，

想出嫁时梳妆

却只长了九根头发，

为了给丈夫抓握，

胸口长了牛角乳房。①

这些女性有时在陡峭险峻的地方守护着蟒古思的灵魂，有时想出各种诡计或施展各种魔法，协助蟒古思作祟。譬如，在格斯尔从蟒古思的故乡赶往家乡的路上，蟒古思的姐姐用黑蜣螂拉着犁开荒种地，栽种了麦子，在锅里炒熟并做了有印记的饼和没有印记的饼，欺骗格斯尔吃有印记的饼，再用三庹长的黑拐杖打他，让他变成毛驴。这样的例子有很多。在这些女性当中，有一类被称作"毛斯"的形象。这主要指科尔沁史诗中蟒古思的母亲、姐妹或者蟒古思的老婆。虽然涅克留多夫也指出过，在卡尔梅克史诗里也有叫"毛斯"的蟒古思形象，但其性别尚不清楚。这些不仅反映了母权制的遗留，还反映了蟒古思形象本身更古老的原始性。

除了以上女性形象之外，常见的还有妖怪、魔鬼、妖精、恶魔等黑方的形象，它们时常协助蟒古思蹂躏周围人畜，有时以独立的恶魔身份作祟害人。

---

① 色楞演唱，瓦尔特·海西希、法依特、尼玛记录整理：《阿拉坦嘎拉巴汗》（蒙古文），内蒙古文化出版社1988年版，第28页。

婚姻的基本母题与蟒古思的行事活动有着密切的关系。在多数情况下，蟒古思的日常活动是以寻找美女、抢夺妇女为主线的。有时，蟒古思也向人间女子求婚，托媒人送彩礼。即便是这样琐碎的小事情也被民间艺人的"恶的诗学"表现得淋漓尽致。在科尔沁史诗里，阿吉尔—蟒古思—瓦齐尔—塔姆向萨仁都拉嘎汗的萨仁格日勒仙女求婚的情况如下：

> 彩礼中的首礼
>
> 是长蛇九条，
>
> 婚礼中的首礼
>
> 是骆驼睾丸九个，
>
> 兴旺家国的彩礼
>
> 是蟒蛇九条。①

蟒古思的世界，是同白方英雄的世界二元对立的弥漫着脏雾浊气的令人生畏的恐怖世界。这一世界充满审美的逆向价值，被描述成蒙古人对于一切美好、忠实之道所持的审美理想的衬托和反证，最终成为史诗诗性世界的一部分。

毋庸置疑，在蒙古人的英雄史诗中，蟒古思形象有其自身萌芽、发展和演变的过程。在不同时代、不同地域和不同部族

---

① 色楞演唱，瓦尔特·海西希、法依特、尼玛记录整理：《阿拉坦嘎拉巴汗》（蒙古文），内蒙古文化出版社 1988 年版，第 279 页。

的史诗里，就有对蟒古思不同的描绘。蟒古思形象在《格斯尔》和科尔沁史诗里已得到了最普遍和最充分的体现，但在《江格尔》等卫拉特史诗里却没有普遍性的详细描述。新疆六十部《江格尔》里仅有十二部描述了蟒古思的形象。但是，齐木道吉所整理的十六章《格斯尔可汗传》里的七个章节都涉及蟒古思。在科尔沁史诗中几乎没有不出现蟒古思的作品，因此才把科尔沁史诗称作"镇压蟒古思的故事"。

　　有时，也会在史诗中把敌对者称为"蟒古思"。这并非是指敌人的形象，而是当作一种称号。在《江格尔》史诗中虽然把不少对方的汗王称为"蟒古思"，但实际上他们（汗王）并没有具备蟒古思的形象特征。有时，也如此称呼对方汗王的军队。譬如，在新疆《江格尔》里把阿拉坦—苏亚汗的军队称之为十万个阿萨尔—哈日—蟒古思（巨大的黑蟒古思）。正面勇士们不仅把反面勇士称为"蟒古思"，反面勇士们也把正面勇士称为"蟒古思"。譬如，在新疆六十章本《江格尔》中下方几个部落的凶猛马拉—哈巴哈汗把洪古尔、铁臂萨布尔、哈日—萨纳拉三位英雄称之为"三个蟒古思"。

　　更有趣的是，正面英雄们在称呼自己人时，也用"蟒古思"的定语。古哲恩—贡巴形容自己的父亲的时候说道："有宽大无比的肩膀，永远都是徒步走的形似狗鹫的蟒古思家伙。"[1] 江格

---

　　[1]　《新疆江格尔　六十部》（蒙古文，乙），内蒙古人民出版社1988年、1989年版，第1726页。

尔对凶猛芒来汗的信使说："我可以答应你说的四种宝物（阿盖—沙布塔拉夫人、美男子明彦、萨纳拉的白脸枣红马、洪古尔——引者注）中的三个，唯独力大无比的蟒古思洪古尔你们靠自己的本事带走吧。"[①] 这里的蟒古思并不是指示敌方的贬称，而是表现力量巨大、性格凶暴的一种符号。因此，蒙古英雄史诗中出现的"蟒古思"这个名词至少有三个不同的含义：一是艺术形象；二是称谓术语；三是符号定语。

以上现象与蟒古思形象的历史根源有直接关联。

二　黑方英雄形象的三种基本类型

根据形象的发展过程，可将蒙古英雄史诗的黑方英雄形象分为三种基本类型。

首先要提及的是史诗中的黑方英雄，尤其是蟒古思形象上体现的自然属性——兽性。这样的形象可称之为"兽性形象"。在这些形象上刻画出的猛兽、凶禽、毒虫的某一特性或它们的复合性等充分展现了它们庄严、恐怖、有害的一面。《格斯尔》史诗中长着二十一颗头颅、十八支犄角，黑夜变成艾虎、白天变成白雕、夜里回到洞穴的罗刹汗（格斯尔完整地剥下他的皮，给自己的三十勇士做了盔甲）；身长两百由甸，右鼻孔冒着熊熊烈火，左鼻孔冒着滚滚黑烟，能

---

① 《江格尔》（蒙古文），内蒙古人民出版社 1958 年版，第 101 页。

够看见一日路程之外的人并从半日路程的距离把人吞掉的蟒古思的化身——北方巨大如山的黑斑虎；十二颗头颅的蟒古思的化身——野牛"一支角顶到天上，一支角插入大地，它吃草的时候舌头一卷，就能把一片草原的草舐光，它喝水的时候嘴唇一动，就能把一条河的水全吸干"；新疆六十章本《江格尔》中雌、雄两条黄斑蛇，《阿拜—格斯尔—胡博衮》里的森林之王带有斑点的黄羊等。这些形象都保留了野兽的自然野性，站在了人类的对立面上，这实际上就是对人类进行袭击的某一自然力量的生命化、拟人化、夸张、艺术缩影，把这些形象称作"自然力量的化身"，并非没有道理。蟒古思形象的原型正是如此萌发形成的。

其次就是人性与兽性结合的复合形象，这些形象最主要的特性在于它的"超自然性"。远古人类有了超自然的观念之后，他们求助于那些有益于自己的超自然力量来保障生活的幸福，规避有害的超自然力量以避免灾祸的发生。① 蟒古思形象正是给他们带来灾祸的超自然力量。史诗中的蟒古思形象是人们"超自然的具体化观念"② 的反映。幻觉与真实身躯、表象与隐秘法术、世俗原型与变身形象、世俗躯体与奇异器官兼收并蓄地保留在他们身上。蟒古思形象一方面把猛兽、凶禽的某些有害、恐怖的器官集于一身，另一方面怀有人类的一切狠毒之心、贪

---

① 约·阿·克雷维列夫：《宗教史》（上卷），中国社会科学出版社 1984 年版，第 31—32 页。

② 同上书，第 31 页。

婪之欲、淫欲之心；一方面保留人类的自然形态，另一方面兼具了超自然力量。

这些形象，有时以世俗原貌出现，有时化身为虚幻形象、灵魂。即使躯体遭到毁坏，灵魂也会从身躯里逃出，再次复活。即使砍断它们的头颅，也能重新长出来。如果元身作战被打败，就变成各种东西和各类动物；有时虽然居住在宫殿里，但有时也冬眠于洞穴中；有时享受人类的日常生活，有时在荒野里寻食游荡。

集人性与兽性于一体的形象，是蒙古英雄史诗中这些黑方英雄们的形象从自然性（猛兽等）形象时期转变为社会性形象时期的重要（关键性）艺术样式。从某一方面说，把这些形象称为"超自然力量的化身"，并非没有道理。

蟒古思形象的特征，最初与蒙古民族的神话思维、原始崇拜有关，后来明显地受到了佛教的影响，这方面的突出例子是在《格斯尔》里出现的昂杜拉玛汗（又称之为"十五颗头颅的蟒古思"）。蒙古史诗也有"昂—都拉姆""昂—杜拉玛""昂—杜鲁姆""囊—杜拉玛""安达里蟒古思""安达拉""安达嘎拉—沙日—蟒古思"等不同的称呼。这些名称虽然有多种读音和写法，但其词义基本相似或相近，它们指的都是黑方的异教徒和邪教徒。学者鲍培（N. Poppe）认为，"昂—杜拉玛"一词来源于藏语的朗达玛，笔者很赞同他的观点。大约在 9 世纪的时候（838—842 年），在藏族历史上曾有过叫朗达玛的君王（"达玛"为人名，"朗"为绰号，实际上"朗"意为牛），他执政掌权，大肆毁坏佛像，臭名昭著。后来这个名字作为一切黑方的、邪教的、异教的代名词传入蒙古地区。过去，蒙古地区的寺庙在举行法会，"跳查玛"①（羌姆），"送梭"（烧毁象征佛法敌人的"梭"的仪式）的时候，就有一个镇压朗达玛的仪式。《格斯尔》史诗将昂—杜拉玛汗描绘成这样的形象：他的上身汇集了万目万手的罗睺（罗睺，九首蛇尾，满身布满眼睛，吞食日月，日食月食由罗睺而来）的力量，中身汇聚了异教四天的力量，下身汇聚了巨人的力量，并有七十一种变身法术。这些描绘正好符合关于朗达玛的佛教观念。

　　史诗的审美角度，从人与自然之间的关系转化到人与人之间的关系，集中反映了社会问题，于是蟒古思形象的人性和社会性显得更为突出了。这样的形象，在新疆《江格尔》等卫拉特史诗中尤为常见。在卡尔梅克《江格尔》的十三章里仅有一章出现了蟒古思形象。在新疆的六十章本《江格尔》中，蟒古思虽然共出现过十二次，但真正被描述成蟒古思形象的反方人物仅仅出现在第四十三章。在其他章节里被描绘的蟒古思都是具有人类外貌、品性的形象，过着人类的生活。譬如，蟒古思的布日古德汗、也克—宝日—芒乃蟒古思、阿尔巴斯蟒古思、蟒古思的库克—芒乃—比日曼（青色额头的婆罗门）、蟒古思的达兰汗、叫人畏惧的芒乃汗、力大无穷的库尔曼汗、道格欣—

---

　　① 跳查玛：藏传佛教的金刚舞，由喇嘛们戴着护法神和佛教神灵的面具表演镇压佛法敌人的故事。——译者注

沙日—库日库、格隆—赞巴拉汗等。这些反面英雄形象的基本特征是几乎都没有自然属性和兽性，也尚未具备使人惊愕的怪异容貌。他们占有各种美好的毡房、宫殿、牛马、民众、三千勇士、三百先锋、三亿军队，个个都是汗王和领主，并已作为某一特定社会阶级的代表，跃然出现在史诗的战斗舞台上。在此，白方英雄形象从半神半人性向社会的某一上层贵族转化；黑方英雄形象从半兽半人性向社会的黑暗反动势力的代表演化了。当然，这些形象虽然庄严恐怖，躯体巨大，但基本上都是以人的身躯作为模型，只不过是以夸张的方式强化了人类脆弱的肢体器官和力量而已。这反映了蒙古史诗在形象塑造中幻想成分的日益淡化以及现实生活氛围的日益浓厚。

到了这个时期，史诗英雄的抽象形态（超自然性、神性、鬼怪性）逐渐演变成眼睛水做的、心脏肉长的凡人形象。

三　蟒古思形象塑造的历史根源及心理原型

在蒙古民族书面经典《蒙古秘史》中，"蟒古思"这个词共出现过两次。别克帖儿和别勒古台抢夺铁木真和哈撒儿兄弟两人的猎物，于是他们怒气冲冲而射死了别克帖儿，此时诃额伦母亲训斥铁木真和哈撒儿说：

像那怒不可遏的狮子，

　　　　像那生吞活噬的蟒蛇。①

还有，在《蒙古秘史》第一百九十五节里，扎木合给塔阳汗介绍了铁木真的凶猛四狗：

　　　　生得不似常人，
　　　　如大蟒一般。②

由此可见，"蟒古思"一词至少在 13 世纪之前在蒙古民族当中就广为流传，指的可能是凶猛的食肉动物。但是，该词的原意并没有贬义色彩。在蒙古英雄史诗里所袭用的情形也正是证实并反映了它的这一历史根基。

　　如前所述，蒙古史诗中作为黑方英雄代表的蟒古思形象有其自身的萌芽、发展、演化的过程。蟒古思形象从自然性向社会性、从具体向抽象、从虚幻向现实演化发展的情况，与人类的思维方式、认知方式、表现方式的发展过程相符。史诗中所蕴含的蒙古民族的原始思维不只是以山石崇拜、熊崇拜的远古观念体现出来的，而且是作为一种思维体系渗透在形象描绘、叙事情节、抒情意象、风俗习惯之中。笔者在本书的不同章节里，从不同角度对此进行了探讨。由于当时生产力水平低下，

---

　　①　巴雅尔标音：《蒙古秘史》，内蒙古人民出版社 1980 年版，第 152 页。
　　②　同上书，第 847 页。（蒙古文原作"manggus"，即蟒古思，但《元朝秘史》汉译做"大蟒"。——译者注）

人类知识面狭窄，因此人们一方面只好依赖自然界，接受自然的恩施维持生活，所以他们和自然亲如一家，将自然当作自己的"摇篮"，甚至又把自然看作自己的直接亲属。另一方面，原始（远古）人类被自然界所掌控，屡次三番地承受自然的种种灾难，无法正确认识自然规律，于是对自然界怀有五光十色的幻想、猜测，认为自然具有灵魂和神秘力量，于是诚惶诚恐，敬仰不已。泛灵论、自然崇拜正源自这样的心理前提。英雄史诗中作为自然力量之化身的蟒古思形象的最初原型也是这样生成的。但是所谓：

> 猎人信奉的神是神箭手，
> 商人信奉的神是神算手。

与此相同，史诗中所描绘的蟒古思形象，同渗透在当时民众的日常生产、现实生活的狩猎文化有着直接的关联。史诗中的蟒古思从家里吼叫着跑出去，晃着四十八支犄角抛撒着黑土，四处寻找有没有来犯的敌人，这像是公牛的形象。从整剥蟒古思的皮做成勇士的盔甲来看，像是野兽的形象。能够看见一日路程之外的人能把半日路程之外的人吞掉，这像是蟒蛇的形象。从作为森林之王（神）的方面看，像是熊、鹿之类的形象。蟒古思把头角变成多数，摇身一变如山一般大（右角顶到天上，左角插入大地），肚子变得如此大（一口咬断大片草木，一口喝尽山谷之水），这是为了夸大蟒古思的恶臭，增强其恶毒，凸显其猛烈而做的妙计手法。

在蟒古思形象塑造之最初，由于人们的情趣集中于人与自然的矛盾上，抽象思维能力较弱，因而似乎原封不动地"抄袭（袭用）"并模仿了自然界的事物，这也是不足为怪的。因此，蟒古思形象最初以自然性为主是毋庸置疑的。

毋庸讳言，对此的探究仅仅是发生学意义上的论述，而并非否认之后的蟒古思形象所蕴含的自然性的存在。在艺术构思的传承体验中，这样的手法是习以为常的艺术方式，无须赘述。

如果说蟒古思形象的自然性是在直觉、感性经验的基础上催生的，那么蟒古思形象的超自然性就是在抽象思维的基础上产生的。在人类的思维历史上，如果说图腾崇拜是人与野兽（有时是植物）的结合，那么关于超自然力量的幻想将是人与神（或鬼怪）的完美结合。

在史诗中，社会矛盾（包括共时的和历时的）胜过自然矛盾，由族群意识、血缘意识（比如，由血缘关系所引发的氏族复仇战争）向民族意识推移发展；不仅如此，正处于阶级意识萌芽阶段的这一时期，战争不仅涉及氏族复仇、抢夺美人、侵占牧场，而且也成了与民族的形成和国家的诞生相关的政治性斗争。

在这样的社会历史背景下，史诗的正反面英雄的形象不断发生变化，正面英雄的神性趋于淡化，反面英雄的自然性也逐渐弱化，反而各自凸显出了不同阶级的人类属性。

这正是蒙古英雄史诗中的黑、白方英雄形象的历史命运。

第 五 章

骏马的形象

一　人和马的同生

德国美学家黑格尔在其《美学》中谈论"正式史诗"的特征时指出："战争是最适宜的史诗场景。"① 从总体上看情况正是如此。正如没有残酷的征战、英雄的业绩和勇敢的冒险便很难产生各民族的经典史诗一样，如果没有骏马，也不可能产生蒙古民族正式的史诗。从艺术形象的美学性质来讲，如果说蒙古英雄史诗中的白方英雄身上结合了人性和神性，黑方英雄身上结合了人性和兽性，那么只有骏马形象是集兽性、人性和神性于一体的三位一体的艺术形象。

在蒙古民族的英雄史诗中，骏马具有非常重要的地位。与史诗中出现的其他野兽、禽类（动物形象）相比，骏马总是被描述为独立的整一性形象。不仅如此，在某些场合和某些方面，它的地位和作用甚至超过了它的主人。这种情形从史诗英雄对自己坐骑的深情的表白中可以略见一斑。江格尔对其坐骑枣红马阿兰扎尔说：

你比我怀抱中的娇妻还亲密，

---

① 黑格尔著：《美学》第三卷下册，朱光潜译，商务印书馆1995年版，第126—127页。

你比我珍爱的独生子还亲近。①

飞毛腿萨力汗—塔布嘎对他心爱的坐骑策胡尔白马说：

从日出方向过来的

你虽然是以草为食，

我虽然是血肉之躯，

但是撇开了你，我怎么办？

离开了我，你又该如何生存？②

蒙古英雄史诗中的骏马形象，是在人与马的和谐中，在美与丑的对比中，在主体与环境的统一中，获得了它的整一性。

在不少史诗中，骏马是同其主人一同降生于人间的，甚至有的还生于主人诞生之前。正如《江格尔》里的阿拉坦—策吉所说的那样：

当诞生一名好汉，

伴他降生一匹好马，

这是极其普遍的。③

---

① 《江格尔》（蒙古文），内蒙古人民出版社1958年版，第292页。

② 陶·巴德玛、宝音和西格搜集整理：《江格尔》（蒙古文），内蒙古人民出版社1982年版，第473—474页。

③ 《江格尔》（蒙古文），内蒙古人民出版社1988年、1989年版，第1087页。

在格斯尔可汗诞生的时候，家里的一匹枣红骒马生下了一匹神奇的枣骝驹。珠拉—阿拉德尔汗的夫人阿拜—吉如嘎生下双胞胎儿子（未来举世无双的英雄）的时候：

在杭爱山梁上，
黑骝马群之首
黑骝毛骒马
怀驹怀了三年，
乳房膨胀了三年，
离群出走了三年，
足足九年之后，
生下了黑骝马驹。

在阿尔泰的山梁上，
灰花色马群之首
灰花骒马
怀驹怀了三年，
乳房膨胀了三年，
离群出走了三年，
足足九年之后，

生下了白鼻梁的马驹。①

在另一部史诗《三岁英雄古南—乌兰—巴图尔》中，一匹弓背的红青色的骒马生下了：

有灵敏的耳朵，

有锐利的眼睛，

有天蓝的毛色，

有快捷的四蹄的

宝贝黄骠驹。②

并以这匹马驹的出生象征其主人的降生。

尤其奇妙的是，有时，当史诗主人公从天界降生到人间时，其坐骑也同时从天而降。在史诗《阿拉坦嘎拉巴汗》中，阿拉坦嘎拉巴汗从天界下凡时，随同降下了宝贵的洪古尔马驹。在《宝迪嘎拉巴汗》中，宝迪嘎拉巴汗刚满七岁的儿子额日克—沙日出征蟒古思的时候，天界为他降下了黄骒马的黄骠驹。在阿拜—格斯尔—胡博衮下凡时，天神把天界九匹青马中的最小的那匹青马赐给了他。天神像佑护英雄一样佑护从天而降的神马。在史诗《宝迪嘎拉巴汗》中，宝迪嘎拉巴汗的坐骑黄骠马被蟒

---

① 《祖乐—阿拉达尔汗传》（蒙古文），民族出版社1982年版，第18—19页。

② 《蒙古族文学资料汇编》，内蒙古语言文学研究所1965年版，第91页。

古思施魔法迷惑而被骑走时，苍天刮起了风，解除了蟒古思的魔法。

有时，史诗英雄在远征的途中时常在捡到某个男孩儿的同时也捡到他的坐骑。在《阿拉坦嘎鲁胡》中，英雄在前往镇压恶魔的途中，拾到一个睡在铁摇篮中的金胸银臀的婴孩和一匹铁青色的马驹。这孩子后来在战争中帮助该英雄立了大功。

有时，一个平凡的孤儿会从无数的马群中捡来遭遗弃的马驹，后来这孤儿成了英雄，马驹也变为骏马，他们一道完成了崇高的事业。

有时，史诗英雄和骏马从迸裂的山岩中一起诞生。在喀尔喀史诗《心爱的哈拉》中，就有这样的情况：

> 从四十四庹长
> 四四方方的红色山岩中，
> 坐骑和勇士
> 是一同蹦出来的
> 是骑花色骏马的
> 红彤彤的黑脸英雄。①

从上述例子来看，蒙古英雄史诗中对英雄的诞生及骏马的

---

① 哲·曹劳整理：《蒙古人民英雄史诗》（蒙古文），内蒙古教育出版社1989年版，第6页。

降生是同样尊重和重视的。主人公若是天之骄子，其坐骑便是天马之驹；主人公的诞生是奇异的，其坐骑的降生便也是奇异的（当然，在不同时期的史诗中，骏马的神奇降生也经历了一个演变过程）。在古老的史诗中，骏马的降生常常与天界有着某种神秘联系。而在后来的史诗中，则明显可以看到受佛教影响的史诗中出现了坐禅的喇嘛用佛法为英雄造就的骏马。在卫拉特史诗《有八只天鹅的那木吉拉查干汗》中，英雄阿拉坦在山顶上点燃喇嘛给的三根头发之中的一根，这时：

> 有鞍子嚼子的
>
> 带着弓和箭的
>
> 一匹云青马，
>
> 以鬃毛
>
> 拂动日月，
>
> 以四蹄
>
> 叩响
>
> 大地之腹，
>
> 冲破云层降临大地
>
> 说，主人啊请乘骑我！①

---

① 巴·布林贝赫等编：《蒙古族英雄史诗选》（蒙古文，上册），内蒙古人民出版社1988年版，第766—767页。

如果说从骏马与其主人的一同诞生中看到的是骏马在史诗中的重要地位的话，那么从骏马本身的灵性、魔力（超凡本领），则可以更多地领会到它的审美价值。

二　马的超自然属性

蒙古英雄史诗中骏马形象的神奇色彩，不仅在于其驮走大山的力量、丈量宇宙的速度，更在于其超自然的灵性和魔力。

蒙古英雄史诗中的骏马，以其原身与化身相结合、力量与智慧相结合、普通形态与夸张形态相结合的艺术形象，使白方英雄充满喜悦，令黑方英雄闻风丧胆，在蒙古英雄史诗所构筑的艺术世界里纵横驰骋。每当主人公遇到困难，碰上灾祸，处于生死关头时，总是他的坐骑带给他各种帮助。

这些骏马有着神奇的速度：

比猜想快半庹，
比旋风快一庹。①

紧追着十年前跑过的
蜘蛛的脚印不放；
紧追着二十年前跑过的

---

① 《江格尔》（蒙古文），内蒙古人民出版社 1958 年版，第 124 页。

虫子的脚印不放。①

不仅以其神奇的速度令人们赞叹不已，还时常以其超出其主人的智慧、计谋使人们十分振奋，惊叹不已。

在《格斯尔》史诗中，当格斯尔听从了茹格牡—高娃夫人的劝告，要去朝拜蟒古思的化身罗布萨嘎大喇嘛时，慧眼的枣骝马自天而降力劝其勿去，他没有听进去，结果被蟒古思施魔法变为黑驴子，受尽了折磨。在科尔沁史诗《英雄道喜巴拉图》中，蟒古思女儿萨里汗—沙日一见到道喜巴拉图就喜欢上了他，于是变成一匹奇异的骏马诱惑他，使他追逐了自己整整一天，晚上又变成一位美女引诱英雄。英雄的褐色骏马暗示英雄拒绝蟒古思女儿的引诱，可是他没有听从骏马的劝诫，结果中了妖女的计谋。骏马以其智谋帮助它主人的例子，在史诗中俯拾皆是。史诗《汗青格勒》中的描述十分动人，可汗那匹大象般巨大的黄膘马在征战途中，以其不可思议的预见力和智慧前后六次帮助其主人脱险，直至最后筋疲力尽，向主人哀伤地表示它已无力助其再战。

前胸扑倒在地，
用口和鼻子
吃了满嘴的沙土，

---

① 《江格尔》（蒙古文），内蒙古人民出版社 1958 年版，第 126 页。

从一双四十四条血管的

巨大的黑眼睛里，

如同雨夹冰雹一样，

频频滚落一颗颗

晚冬早春生的羔羊般大的

铁水一样的黑色泪水。①

　　在预示吉凶、暗示好坏时，这些超凡的坐骑所用的方法也多种多样：嘶鸣、做人语、咬镫、尥蹶子、咬嚼子和镫子等等。在史诗《好汉中的好汉阿日亚胡》中，在阿日亚胡正沉溺于新婚的喜悦时，蟒古思趁机袭击了他的故乡，此时坐骑以嘶鸣来示警。在《希热图莫日根》中，当一只巨大的青铜狗来袭击英雄时，又是坐骑尥蹶子提醒了主人。史诗英雄们对骏马的暗示深信不疑，有时甚至超过对人类的信任。在史诗《策尔根—查干汗》里，主人公查干汗正在欢宴时，夫人阿拉坦格日乐传递了敌人袭来的消息，他不但没有理睬，反而连打带骂地赶走了夫人。但是，一听到云青马发出的警惕的嘶鸣，他毫不犹豫地相信并付诸行动。

　　骏马不仅仅提醒和暗示自己的主人，还通过各种各样的方式直接帮助它的主人。洪古尔准备饮下道格欣—马勒—哈巴哈

---

　　① 哲·曹劳整理：《蒙古人民英雄史诗》（蒙古文），内蒙古教育出版社1989年版，第230—231页。

的夫人献给他的毒酒时，其坐骑阿兰扎尔用尾巴击翻了酒杯①；巴玛—乌兰勇士的黑骏马，用尾巴蘸了海水，打灭了敌方所施放的火术，还救助了手脚烧伤的秃头小儿②；格斯尔的枣骝马从地狱中将其主人母亲的灵魂衔出来，从而使其复活③；等等。类似的例子不计其数。

史诗英雄们在遇到困惑，走投无路时，要恳求坐骑指点迷津。从不回头的英雄布玛额尔德尼同根扎、格里巴两位对手反复较量不分胜负，于是：

　　　宝玉满—棕褐色的骏马啊，

　　　请你给我指点应付、打败

　　　根扎、格里巴两位勇士的办法吧！

　　　铺着衣襟三次躬身，

　　　向坐骑三次乞求。④

于是骏马从天而降，告诉布玛额尔德尼打败两个敌人的办法是射死暗中帮助他们俩的长着黄羊腿、黄铜嘴的蟒古思母亲。

---

① 《新疆江格尔》（蒙古文，甲），内蒙古人民出版社1982年版，第948页。

② 《卫拉特蒙古史诗》（蒙古文），民族出版社1987年版，第59—60页。

③ 齐木道吉整理：《格斯尔可汗传》（蒙古文，上下册），内蒙古人民出版社1985年版，第477页。

④ 《宝木额尔德尼》（蒙古文），内蒙古人民出版社1956年版，第89页。

道喜巴拉图勇士同蟒古思的马利亚勇士交战，当他就要被马利亚的九大布鲁棒打倒时，坐骑杜格—褐勒立即赶来踩住了第一个布鲁棒，其余八个布鲁棒也随之全部失灵，最终它的主人打败了马利亚。① 英雄希林嘎拉珠巴图尔与那由蟒古思母亲生下的三十个青铜儿子大战三年未果，最后按照坐骑的指点，了结了他们的生命。坐骑的指点如下：

> 钢枪扎不透
>
> 就一锤打烂他；
>
> 刀枪不入
>
> 就手抓两腿劈开他。②

好汉中的好汉阿日亚胡是遵从了坐骑"这样、那样的指点"（本子故事中常见的叙述），在好汉的三项比赛中获胜，从而实现了娶高娃—图灵海姑娘的愿望。③

在史诗中，坐骑不仅帮助主人的婚事，而且还常常为勇士们的结盟、结义提供协助和方法。胡德尔—阿尔泰汗的儿子青格勒胡战胜了米勒乌兰，正欲杀死他时，双方坐骑哈萨格—陶

---

① 巴拉吉尼玛口述：《英雄道喜巴拉图》（蒙古文），民族出版社 1982 年版，第 86—87 页。

② 巴·布林贝赫等编：《蒙古族英雄史诗选》（蒙古文，上册），内蒙古人民出版社 1988 年版，第 37—40 页。

③ 同上书，第 365 页。

海黄马和山一般大的花斑马一同上前劝阻，并建议他们两个结为安达。后来他们两个经常在战争中互相协助。[①]

英雄的坐骑在帮助主人时，除了以世俗（本来）面貌出现，必要时还以其神奇的化身来配合主人行动。在大多数情况下，坐骑自身变为：

> 大腹便便像大鼓，
> 脊背嶙峋像鞣皮刀，
> 人欲骑乘没有鬃毛抓，
> 蚊虫叮咬没有尾巴驱赶，
> 背毛被人抓掉了一把，
> 尾毛被狗咬掉了一节，
> 爬一座小山丘都没有力量，
> 啃几根镇茅草都没有牙齿，
> 瘸腿癣疥的一匹癞马驹。[②]

主人公也变成秃头小儿，趁敌方不备之时打败他们。骏马还能变作蚊子、蜜蜂、羊拐子（踝骨）、火镰等有生命或无生命的东西，从而巧妙地迷惑和制服敌人，给主人以有力的支援。

---

① 仁钦道尔吉搜集整理：《希林嘎拉珠》（蒙古文），黑龙江人民出版社 1978 年版，第 352—356 页。

② 巴·布林贝赫等编：《蒙古族英雄史诗选》（蒙古文，上册），内蒙古人民出版社 1988 年版，第 534—535 页。

更有趣的是，蒙古英雄史诗中的骏马有时会被当作主人的守护神而备受尊重。格斯尔在艰难的征战中向他的坐骑枣骝马许下过誓言；新疆《江格尔》中乌宗—阿拉达尔汗去远方求婚的时候，向他的骏马许愿：

> 向你砧木般的额头
> 跪拜四万次吧！
> 向你四大钢铁蹄子
> 跪拜四十九次吧！
> 请把我赶快带到
> 未婚妻的身边吧！①

在卡尔梅克《江格尔》中，洪古尔独自留在北方的宝木巴故乡，与凶狠的沙日库日库的军队徒步作战的时候，洪古尔的赞丹—珠拉夫人给洪古尔的白脸青马备鞍，并向骏马的四蹄跪拜，让骏马去找其主人，从而帮助了洪古尔。史诗中，英雄在套马的时候，点燃煨桑、跪拜等情况更是寻常之事。

---

① 《新疆江格尔　六十部》（蒙古文，乙），内蒙古人民出版社 1988 年、1989 年版，第 19 页。

三 蒙古民族审美体验的模式化表现
——吊驯马匹的程式化描述

蒙古英雄史诗中骏马形象整一性的重要内容之一，是史诗英雄们调教和骑乘骏马的程式化描述。唤马、套马、驯马，鞴马、骑马、神马命名仪式，都有极为细腻的描绘。这些描绘，一方面虽然遵循了生活现实中的客观程序；另一方面又洋溢着审美情趣。这是只有在蒙古史诗中才比较常见的一种独特的艺术追求。

唤马。在原始史诗中英雄主要用马具来召唤骏马，较为常见的是用马鞍召唤三次，用嚼子召唤三次，用笼头召唤三次等等。有时，英雄还用箭来召唤骏马。比如，好汉中的好汉阿日亚胡是这样召唤他的黄膘马的：

> 取出花翎的神箭，
>
> 眺望远方的草原，
>
> 大声召唤了骏马，
>
> 古来！古来！叫了三次。①

---

① 巴·布林贝赫等编：《蒙古族英雄史诗选》（蒙古文，上册），内蒙古人民出版社 1988 年版，第 358 页。

这很可能与某种特定的民俗有关。

史诗发展到后来，出现了吹笛子唤马、用白哈达唤马、点燃煨桑唤马的描绘。这也许反映出了民俗文化的某种变迁和宗教信仰的某种影响。在下面的描绘中尤其可以清晰地看出佛教带来的影响：

> 长长的洁白的哈达
>
> 捧在右手上，
>
> 宝贝黄色笼头
>
> 握在左手中，
>
> 把烧给神的檀香松柏
>
> 堆成了一座高山，
>
> 请来诸佛菩萨
>
> 围在身边佑护，
>
> 登上高高的山顶
>
> 点燃了香烟缭绕的煨桑，
>
> 等着自己的骏马
>
> 摇首甩尾跑过来。①

套马。史诗通过套马的描述从不同的侧面表现了人与马的缘分，马的机智与本领、脾气与秉性等。《江格尔》中的洪古尔

---

① 道荣尕等整理：《阿拉坦舒胡尔图汗》，民族出版社 1984 年版，第 104 页。

捉他的铁青马的时候，"人腰般粗的蓝丝套绳被拽成细线，差点挣断"。① 这生动地表现了顽强的骏马的形象。骏马一听到主人的声音就：

> 围在主人前后，
> 掉下三颗马粪蛋；
> 围着主人转三圈，
> 掉下宝贝马粪蛋。②

骏马与主人的亲密关系，有时不是以亲昵的情形，而是以考验的方式表现出来的。骏马常常借助跳跑、拽着主人躲闪、向主人较力等方式，来试探主人的力气或对自己是否有慈爱心肠。譬如，坐骑向主人哭诉：

> 还没吃够山上的草，
> 还没长足胯上的膘。③

吊驯马匹。蒙古英雄史诗中的驯马场景将生活常识和审美体验融为一体，并成为数量和形象描绘的最佳统一体。阿盖一

---

① 《江格尔》（蒙古文），内蒙古人民出版社 1958 年版，第 199 页。
② 巴·布林贝赫等编：《蒙古族英雄史诗选》（蒙古文，上册），内蒙古人民出版社 1988 年版，第 476 页。
③ 《蒙古族文学资料汇编》，内蒙古语言文学研究所 1965 年版，第 352 页。

乌兰汗的儿子阿拉坦—嘎鲁调教他的坐骑孔雀栗色马的过程就是一个很好的例子：

在一棵棵粗大的树上拴了骏马，

骏马把树都拽弯了。

用粗粗细细的马绊

层层羁绊了骏马，

在粗细不同的树上拴了骏马，

树被骏马拽得摇晃不止。

用细细粗粗的马绊

结结实实地羁绊了骏马。

这样吊了两年后，

放牧一天

隆起一块肉；

放牧两天

隆起后臀肉；

放牧三天

后腿肉凸出；

放牧四天

前腿肉涨大；

放牧五天

胯肉强劲；

　　放牧六天

　　肌肉发达；

　　放牧七天

　　筋骨强健；

　　放牧八天

　　增长了力气；

　　放牧九天

　　筋肉坚硬；

　　放牧十天

　　全身健壮。

　　便拴在柱子上。①

　　鞴马。对于史诗英雄们骏马的想象已经到了"从远处看如山峰般巨大，走到跟前才知道是一匹马"的程度。因而，给这样的马备鞍，马鞍自然是：

　　有平川的尺寸的

　　是洁白的鞍屉；

　　有山梁的尺寸的

　　是黄木的鞍子。

---

　　① 《蒙古族文学资料汇编》，内蒙古语言文学研究所 1965 年版，第 143—144 页。

用三十头牛的皮革

编织成的

三十六条肚带

紧紧勒入肚皮；

用二十头牛皮编的

带银饰的后鞧

压紧在两胯上，

套得紧紧永不松动。①

如果说原始史诗中的备鞍叙述是采用了粗线描绘，那么后来这一情形变得更为细腻且铺排有序：

值一万两的鞍

备在马背上；

闪缎的绒毯

放在鞍上；

生铜的镫子

压在两旁；

八条熟牛皮梢绳

像流苏飘扬；

① 《新疆江格尔　六十部》（蒙古文，甲），内蒙古人民出版社1982年版，第899—900页。

尼玛达瓦（日月——藏语）的鞍鞒

前后闪光；

淡红的鞦子

搭在臀旁；

两个纽襻儿

晃动在后边；

柔丝的攀胸

紧扣在胸口上；

各色穗子

随脯抖动；

黄羊皮的肚带

紧扣胸肋；

麂皮的后肚带

勒入肚腹。①

由此可以看出本子故事和胡仁乌力格尔的艺术手法，也能观察到印藏文化的影响。

骑马。史诗中从不同的侧面分别描述英雄们骑着骏马远征。那些各种各样的描绘情形的确让人浮想联翩，"收起前衣襟的工夫，跨过了九座山岭。披上后衣襟的瞬间，腾过了十道山

---

① 色楞演唱，瓦尔特·海西希、法依特、尼玛记录整理：《阿拉坦嘎拉巴汗》（蒙古文），内蒙古文化出版社 1988 年版，第 301 页。

梁"，或：

> 在蹄下扬起的尘土中向前惊跳，
>
> 鄙弃身后扬起的灰尘向前奔跑，
>
> 尾巴和鬃毛发出阵阵美妙的琴声。①

> 犹如草丛中跳出的
>
> 快腿的兔子般飞奔，
>
> 蹄下刨起的泥块
>
> 像炮弹一样呼啸。②

谈起骏马步态的稳健时就更为具体：

> 端着盛了稀奶油的碗，
>
> 奶油漾不出来的走马；
>
> 腰上别的手帕和荷包，
>
> 纹丝不动的走马；
>
> 擎着装满酒的酒杯，
>
> 一滴也不洒的走马；
>
> 腰上佩带的刀和褡裢，

---

① 《江格尔》（蒙古文），内蒙古人民出版社 1958 年版，第 164 页。

② 同上书，第 116 页。

　　纹丝不动的走马。①

　　神马命名仪式。神马命名仪式包括"撒群""系绸带""放群"等程序，这是史诗英雄在战胜敌手、宏扬威名时才有的重要举动：

　　　　功高的俊美黄骠马，

　　　　作为火神之神马，

　　　　不再负鞍不再戴笼头，

　　　　永远放群成神马。②

　　但是，有时史诗英雄也会因做了噩梦或见到凶兆，为求得上苍保佑而举行这样的仪式。如：

　　　　给黄马系上彩绸带，

　　　　献给霍尔穆斯塔腾格里；

　　　　给黑马系上彩绸带，

　　　　献给天神做祭祀。③

---

　　①　道荣尕等整理：《阿拉坦舒胡尔图汗》（蒙古文），民族出版社 1984 年版，第 35—36 页。

　　②　巴·布林贝赫等编：《蒙古族英雄史诗选》（蒙古文，上册），内蒙古人民出版社 1988 年版，第 61 页。

　　③　道荣尕等整理：《阿拉坦舒胡尔图汗》（蒙古文），民族出版社 1984 年版，第 31 页。

关于骏马的这些描绘，将人与骏马的行动巧妙地结合，把动态化的形象和模式化的描述融为一体，使其成为史诗整体艺术世界的重要构成要素之一，这正是它的审美价值所在。

四　"审美逆向价值"的形象——毛驴

史诗中骏马形象的整一性，常常呈现在好与坏、美与丑的对立统一中。因此，作为美好事物之化身的骏马形象的反面形象，丑陋事物之化身的毛驴形象也应运而生。这一现象，随着时间的推移，在巴尔虎和科尔沁史诗中越发突出。在这些史诗中，毛驴总是成为黑方英雄的坐骑：

> 背上生鞍疮的
> 丑陋的灰毛驴，
> 吆喝一声转一圈，
> 打了脑袋颠起来，
> 鬃毛尾巴如枯树干，
> 走起来颠簸不堪。①

---

① 道荣尕等整理：《阿拉坦舒胡尔图汗》（蒙古文），民族出版社 1984 年版，第 29 页。

和描述骏马同样的道理，史诗中也是用模式化的手法描述毛驴主人的"叫驴""备鞍""骑乘"等细节。这种描绘符合审美原则，具有审美逆向价值。驴子的丑陋形象同其主人蟒古思的形象相辅相成（和谐），突出了它的审美逆向价值的重要意义。正面英雄常用绸缎、哈达或通过点燃煨桑来召唤其骏马，而蟒古思召唤其毛驴的时候则：

> 烧起狼粪做煨桑，
> 十方恶神请一遍；
> 烧起猪粪做煨桑，
> 阿拉蟒古思在唤驴。[1]

在科尔沁史诗中，英雄若是用葡萄果汁饮骏马，蟒古思便用人血饮毛驴；正方英雄给骏马佩戴的是镶嵌宝石的笼头（嚼绳），蟒古思们给毛驴套着的则是毒蛇盘结的笼头。正方英雄的马鞍是镶金嵌银的：

> 八条牛皮梢绳，
> 像流苏那样飘动；
> 尼玛达瓦（日月——藏语）的鞍鞒，

---

[1]　色楞演唱，瓦尔特·海西希、法依特、尼玛记录整理：《阿拉坦嘎拉巴汗》（蒙古文），内蒙古文化出版社 1988 年版，第 280 页。

前后闪闪发光。①

而蟒古思的驴鞍以铁和铜为主：

> 用六十颗大钉子
>
> 把铁鞍牢牢钉在驴身上，
>
> 即使走遍了世界的每一个角落，
>
> 它也不会掉下来。②

正方英雄的骏马赶路的情形如下：

> 那骏马飞奔起来，
>
> 好比天龙腾空驾云，
>
> 像大千世界瞻部洲，
>
> 向一边倒去阵阵震动。③

毛驴则常常被描绘成一种极为丑陋的形象：

> "啪"一声，打了一鞭，

---

① 色楞演唱，瓦尔特·海西希、法依特、尼玛记录整理：《阿拉坦嘎拉巴汗》（蒙古文），内蒙古文化出版社 1988 年版，第 301 页。

② 同上书，第 282 页。

③ 同上书，第 307—308 页。

掉下五颗驴粪蛋；

"嗝"一声，抽了一鞭，

掉下七颗驴粪蛋。①

骏马与毛驴、美与丑、正面与反面的形象，强化和凸显了史诗黑白体系之间的强烈对比，深化和加强了矛盾和冲突。

蒙古民族的马文化异常发达，并浸透到物质文明和精神文明的许多方面。从日常生活到深层的审美体验，从轻松的娱乐游戏到庄严的宗教仪式，可谓无处不在。因此，蒙古民族常常被称为"马背上的民族"。从口传到书面，从经验积淀到理论总结而来的各式各样的《马经》《马赞》，是这一文化的一个突出表现和忠实记录。需要特别指出，即使像《马经》这类基本属于生产生活知识、经验及习俗范畴的东西，其字里行间也不乏美学的因素。《马赞》则无疑成为蒙古诗歌的一种独特样式：

像旺盛之宝伞在风中飘扬，

有波浪荡漾缭绕旋转的柔美长鬃；

像结缘的一双金鱼在大海中游戏，

有一双清澈的眼睛；

宛若取之不尽的宝瓶中

———————————

① 色楞演唱，瓦尔特·海西希、法依特、尼玛记录整理：《阿拉坦嘎拉巴汗》（蒙古文），内蒙古文化出版社1988年版，第284页。

滴落天上的甘露，

有无限宽敞的胸膛；

像吉祥莲花在雪山顶上绽放一样，

有一双花瓣一样的敏锐耳朵；

像响彻天地间的右旋海螺，

有美妙动听的声音；

像结成坚固的吉祥结，

有顺气呼吸的鼻孔；

像欢乐的流苏随风飘扬，

有美丽的长尾；

像转动佛法的金法轮一样，

有圆圆的四蹄。

　　这样的《马赞》已经成为以修辞长句见长的书面文学作品形式（它的风格已经和厌世主义的诗歌风格融为一体了）。模仿藏传佛教的《吉祥八徽》所写成的赞美骏马的《马赞》，一方面反映了佛教的深刻影响；另一方面也反映了人们对骏马的敬重几近信仰崇拜的心态。

　　在游牧文化的背景下，在马文化的语境中，蒙古英雄史诗中的骏马形象才获得了它的整一性。

　　从历史发展的角度看，马文化现象，特别是艺术创造中的骏马形象，同早期蒙古人的物质生产活动有着直接的关系。对于游牧社会的生产经营者——原始民众而言，马是人类战胜自然的成果，也是继续战胜自然的有力工具。在原始的游牧狩猎经济活动和残酷的民族部落间的战争中，马匹非但不可或缺，有时甚至会起到决定性的作用。在放牧、娶亲、征战等重大活动中，马匹张扬了远古人类的威风，一方面使他们欢欣鼓舞；另一方面让他们惊奇不已。他们不仅将其视为家畜，更是视为战友（谋士），甚至视为神灵和保护神。在这样的心理前提下，蒙古英雄史诗中的骏马形象便具有了三个特质——兽性、人性和神性。

第 六 章

人与自然的深层关系

一 理想化的自然——人与自然的和谐

蒙古英雄史诗中的人与自然的关系可以分为宗教的、美学的和实用的三个部分，这里主要从美学和宗教的角度谈一谈。人与自然之间的上述两种关系主要缘于人类在物质生产中对自然的认识和掌握的方法、程度。

笔者在拙著《蒙古诗歌美学史纲》中有过如下论述："从事畜牧业经济的游牧民族一直与现实自然有着密不可分的联系。古代蒙古人不仅从慷慨而又吝啬、和蔼而又残暴、显而易见又神秘莫测的现实自然中获得和创造了财富，而且还请来了审美之神和信仰之神。现实自然是游牧民族从审美的角度反观自我的最佳场所。英雄史诗中描述的自然是蒙古人用文化心理结构构思并用审美意识之光照耀的'第二自然'。"①

人类利用和征服自然的各种喜悦促成了人与自然的和谐、亲密关系，关于自然灾祸变化的想象引发了人与自然之间的模仿关系，对自然力量的各种恐惧让人类产生了关于超自然力量的想象。

蒙古英雄史诗所反映的和谐自然在某种程度上表现出古代

---

① 巴·布林贝赫著：《蒙古诗歌美学史纲》（蒙古文），内蒙古人民出版社 1991年版，第 237 页。

蒙古人认识和征服自然的理想，这自然是用他们心理天空的太阳照亮的，是渗透着诗性趣味的想象中的自然。丰美的草场、壮丽的山水、温润的气候、丰盛的猎物往往是白方英雄的征战、生活和一切行为的背景和环境。人与自然的这种和谐只有在家乡安宁，人畜兴旺，可汗英雄英勇、事业正义的时代才有可能出现。

> 没有冬天春天常在，
> 没有夏天秋天常在；
> 没有冻人的寒冷，
> 没有燥热的酷暑；
> 微风轻轻吹拂，
> 细雨浙浙沥沥。①

这就是江格尔美丽的宝木巴故乡，那里有四海：

> 十万个大海，
> 红糖的甜海，
> 清新的大海，
> 黄金的大海。

---

① 《江格尔》（蒙古文），内蒙古人民出版社 1958 年版，第 20 页。

还有如下四鸟：

　　　　绿松石的鸟，

　　　　野鸭鸟，

　　　　镜子鸟，

　　　　孔雀鸟。

英雄宗—毕力格图的故乡有四种树：

　　　　粉色的檀香树，

　　　　栗子檀香树，

　　　　好的檀香树，

　　　　美的檀香树。①

宝迪嘎拉巴汗的故乡是：

　　　　在西边有

　　　　莲花檀香高山，

　　　　莲花檀香山上

　　　　栖息着莲花大鹏金翅鸟。

① 《英雄史诗》（蒙古文），内蒙古人民出版社1960年版，第110—112页。

在东边有

长满果树的檀香山，

长满果树的檀香山上

住着各路神灵。①

英雄达尼库日勒的故乡是：

力大无比的野兽

咆哮得地动山摇，

声音美妙的百鸟

啼鸣连成一片

各种鸟的鸣唱

叫人愉悦不已。②

这些美丽的地方都是史诗中的理想之地。

远古的人们在劳动实践中实现了人与自然的和谐，并从中获得了无穷的喜悦，在与客观世界交流的过程中觉察到自身的力量并增长了信心。上述对自然的描述虽然闪着理想的光芒，但基本上是用现实主义手法创作出来的。这被当作描绘现实自

---

① 色楞演唱，瓦尔特·海西希、法伊特、尼玛记录整理：《阿拉坦嘎拉巴汗》（蒙古文），内蒙古文化出版社 1988 年版，第 13—14 页。

② 卡陶整理，浩·散培勒登德布审，拉苏荣、周秉建转写：《达尼库日勒》（蒙古文），民族出版社 1990 年版，第 2 页。

然的基本方法使用至今。从心理学的角度看，这种和睦的、温馨的、和谐的自然因为洋溢着主观的热爱、留恋和亲近而充满了赞美的旋律。

蒙古英雄史诗中对自然的描述不仅表现了表层现象中的人与自然的和谐，而且还反映和预见了现象背后的深层象征。英雄诞生的时候出现的自然界（包括动物）的各种神奇征兆就有这种意味。格斯尔诞生的时候，一只上半身是鸟、下半身是人的雄鹰飞过来给其母亲显示了征兆，同时鼠兔迁到桑仑老头（格斯尔的父亲）家的附近（为了狩猎方便——引者），母羊生下海螺般洁白的羊羔，母马产下枣骝神驹。全世界都下雪了，但是桑仑家周围半径为射箭之程的范围内没有下雪。格斯尔的夫人茹格牡—高娃诞生的时候，角端神兽来到她家右边的房顶上戏耍，麒麟瑞兽来到她家左边的房顶上欢跳。空中没有太阳却灿烂明媚，天上没有云彩却下着细雨。鹦鹉飞来，盘旋在诺彦—图拉嘎的上方婉转地鸣叫，布谷鸟飞来，盘旋在可敦—图拉嘎的上方动听地歌唱①。这里从表面现象的和谐过渡到了内在意义的暗示。

如果和谐的自然遭到破坏或者失去原来形态，那么作为自然的主人的人类将会遭遇不幸和灾难。在新疆《江格尔》中哈刺—特卜克图汗武力威胁抢夺江格尔的神驹枣骝马、阿拜—格

---

① 图拉嘎：蒙古语，火撑子；诺彦：蒙古语，官人；可敦：蒙古语，夫人。"诺彦"和"可敦"意为"男主人"和"女主人"。

日勒夫人和宝木巴国的大红印，派遣使者来宝木巴国的时候，阿拜—格日勒夫人根据自然现象的变化预知了不幸的发生，并提醒耽于宴席的江格尔道：

> 梭梭倒下一片
>
> 瞻部洲衰竭是什么兆头？[①]

在该史诗中，江格尔的儿子哈剌—吉拉干出发去抢劫沙日格日勒汗的女儿的时候江格尔的老牧马人祝福他说：

> 让他们冰冷清泉
>
> 枯竭了再回来！
>
> 让他们青草甸子
>
> 发黄了再回来！[②]

这里没有诅咒敌人而是诅咒了敌人故乡的自然环境遭到破坏。

别说是人，连骏马也遵循这个原则。格斯尔的枣骝神驹在离开自己故乡之时对相伴多年的十三只母鹿说道：

> 如果我在路上仰面倒下，

---

① 《江格尔》（蒙古文），内蒙古人民出版社1988年、1989年版，第1047页。

② 同上书，第1122页。

如果我在异乡死亡抛尸，

让阿尔泰的青草枯竭，

呼辉的泉水干涸吧！①

　　有时候人与自然之间会出现相互对立的情况，这时，集人性与神性于一体的白方英雄就会用自身的魔法（巫术）来缓解和处理这种矛盾。晁通把鼻涕孩儿觉如流放到烧火找不到柴火、打猎找不到野兽和禽鸟的不毛之地，觉如却让这个地方变成了吉祥而美丽的家乡：门口有海水流淌，树木长成茂密的森林，结满了各种果子，引来了各种野兽和鸟禽，"毁坏的山梁"变成了"太平山梁"，创造了人与自然的新的和谐。当然，这反映了远古人类通过巫术征服自然的美好愿望。

　　在前面相关章节中我们已经讨论过黑方英雄与自然之间的关系通过"审美逆向价值"体系得到了自己的和谐。这里需要强调的一点是，蟒古思部落也通过自然环境的不祥现象预知敌人来犯。譬如说，在新疆《江格尔》中，蟒古思的布日古德汗做梦梦见下面的情景，预知了江格尔的英雄们前来征战：

圣水般的黑色泉水

快要干涸了，

---

① 那木吉拉·巴拉达诺搜集整理：《阿拜—格斯尔—胡博衮》（蒙古文），内蒙古人民出版社 1982 年版，第 636 页。

美丽的檀香树

快要折断枯萎了。①

上面论述的是蒙古英雄史诗中人与自然之间关系的最初
表现。

二　拟人化的自然——人与自然的模拟

如果仅仅将蒙古英雄史诗中所描绘的自然视作理想化想象
的描述，则并没有完全进入史诗艺术的世界：蒙古英雄史诗中
不仅有表面现象的和谐，而且还有深层生命的模拟。蒙古英雄
史诗中经常可以见到无生命的事物被赋予生命，非人类的事物
被拟人化，以及被赋予灵魂、精神和智慧的题材。这种认识起
源于人类的原始思维。远古的人类认为，人与自然的一切动植
物都有灵魂，这是宗教信仰产生的心理前提。古人的万物有灵
论（泛灵论）和其用自身的结构去推测、阐释客观世界的思维
方式促成了自然界拟人化和神化现象的产生，游猎时代形成的
自然崇拜思想进一步发展了这种思维方式。我们可以从蒙古人
的祭火词中窥见这种痕迹：

以砾石为母亲，

---

① 《江格尔》（蒙古文），内蒙古人民出版社 1988 年、1989 年版，第 1057 页。

以青铁为父亲；

以青石为母亲，

以钢铁为父亲。

烟雾穿透云层

热量穿透大地，

有绸缎般的脸，

有油光光的脸，

火神母亲啊！①

这是火的最生动的拟人化形象。古代印度的古典诗学中将拟人
手法称为"三摩地"（蒙古文为 samadi，源于梵文 samādhi），指
的是把某一事物的特征说成另一种事物的特征。

　　蒙古英雄史诗中动物的拟人化，主要体现在史诗英雄最亲
密的伙伴骏马身上。这些骏马有人类的智慧，通晓人类的语言，
坚守人类的义气。上一章已经论述过这一点，因此不再赘述。
其他的具有人类智慧、懂得人类语言、服从人类指使的动物中
有受锡莱河三汗之命去寻找美丽夫人的白色雄鹰、鹦鹉、孔雀、
狐狸和乌鸦，到地底下拯救江格尔的汗嘎如达鸟（大鹏金翅
鸟）、天上的白天鹅等，蒙古英雄史诗都在某种程度上对这些动
物进行了拟人化处理，它们在蒙古英雄史诗中发挥了人类发挥

---

　　①　呈·达木丁苏伦编：《蒙古文学精华一百篇》（蒙古文），内蒙古人民出版社
1980 年版，第 379 页。

不出的重要作用。

　　树木、山石的拟人化形象也不少。史诗英雄在征战途中遇到的"三道难关""三处险峻"等就属于这类情况。《格斯尔》中的"二十一颗头颅的蟒古思的妖河""互相碰撞的两座山""刀剑树"等都被描述成有灵魂、有生命和有知觉的形象。尤其是科尔沁史诗中描述的蟒古思家乡的山水、自然景色更是细腻有趣。譬如说：

> 爱吵架的山在挑起口角；
>
> 好顶撞的山在打架斗殴；
>
> 爱骂人的山在诅咒辱骂；
>
> 有疥疮的山在搔挠不停；
>
> 坏心眼的山在挑拨离间；
>
> 心里有鬼的山在点头哈腰；
>
> 有辫子的山在轮辫抽打；
>
> 有獠牙的山在咧嘴狂笑；
>
> 贪婪的山在伸手索要；
>
> 聒噪的山在唠唠叨叨；
>
> 刽子手山在龇牙咧嘴。①

　　从发生学的角度看，这种描述虽然与神话思维和万物有灵

---

① 《琶杰文集》（蒙古文），内蒙古人民出版社1983年版，第422—423页。

论有关系，但是发展到后来已经变成了一种在文学作品中创造新鲜生动环境的艺术手法而被传承下来。

三　超自然力量——人与自然的夸张

蒙古英雄史诗中经常会出现关于超自然力量的形容和描述，这是人与自然之间最深层次的关系。古人认为，自己与自然之间具有一种深刻而隐秘的缘分。关于超自然力量，所有的宗教信仰都有不同形式的理解，其中包括神灵、鬼怪、灵魂等。这是在人与自然之间的比拟关系的基础上形成的现象，实际上是夸张并异化了人类的力量和智谋的一种"创造"。这种现象是人类抽象思维发展到一定阶段的产物。

笔者在前面几章中已经从不同角度讨论过超自然现象，因此这里主要讨论灵魂问题。史诗英雄的灵魂数量越多，其生命和力量就越坚固和强大：格斯尔的哥哥嘉萨—席克尔有三百六十一条命脉（灵魂）；《三岁英雄古南—乌兰—巴图尔》①中的蟒古思有十个灵魂，两个留守在身上，其余八个灵魂分别居住在八个地方；《格斯尔》史诗中魔鬼的工布汗有六个灵魂，分别寄存在有生命的生物和无生命的物体中；也在该史诗中另有十二颗头颅的蟒古思有七个灵魂，分别寄

---

① 额·甘珠尔加甫编辑整理：《三岁英雄古南—乌兰—巴图尔》（蒙古文），内蒙古人民出版社 1956 年版。

存在人类、野兽和生活用品中。如果毁灭这些灵魂的一部分，灵魂主人的身体会受到伤害；如果毁灭多数灵魂，灵魂的主人就会倒下。譬如说，嘉萨—席克尔在和锡莱河三汗的军队作战时三百六十一个灵魂只剩下三个，于是嘉萨—席克尔就倒下阵亡了。格斯尔一箭射穿了蟒古思的灵魂——黑公牛的心脏，蟒古思就大叫"哎哟！头疼欲裂！"满地打滚。只有彻底消灭灵魂，才能彻底杀死灵魂的主人。如果灵魂还活着，即使杀死身体，灵魂的主人也会复活过来。在与锡莱河三汗的战争中牺牲的格斯尔的三十个勇士的灵魂因为寄存在雄鹰等鸟类身上，所以后来他们很容易地被救活了。格斯尔惩罚茹格牡—高娃的时候把她的灵魂变成黄色百灵鸟而并没有将之杀死，因此后来在他宽恕茹格牡—高娃的时候就很容易让她得以复活。这一切都反映了"灵魂永存"的原始观念。正因如此，白方英雄在镇压蟒古思的时候都用火烧蟒古思的身体和灵魂，直到"不曾留下一丝狐狸频频嗅闻的味道、不曾留下一点牛群啃的骨头"，就是这个道理。

史诗英雄的这些灵魂，有时候就寄存在自己体内，有时候分散在体内和别处（这是为了提防被敌人完全消灭），有时候离开身体（睡觉时或者死后），有时候这些灵魂（特别是主灵魂）会被寄存在遥远的隐蔽的地方或者事物中。从理论上讲，超自然的事物都是空虚无形的，没有客体。但是它可以有载体、寄存体、保存者。嘉萨—席克尔的灵魂化作上半身是鸟下半身是人的雄鹰飞走。魔鬼的工布汗①的灵魂是黑白蓝黄石匣中用五色锦缎包裹的角蛇、白鼠、巨蜂、金苍蝇、金蜘蛛和金银粗针等。用金银铜针等无生命的物质制造灵魂或者当作灵魂的载体，可能是反映了抽象思维还没有发展起来的远古时代的偶像崇拜所留的痕迹。与此相比，在史诗中描述灵魂被寄存在大拇指、眼睛、耳朵等敏感脆弱的器官中则更具有原始观念的色彩。

蒙古英雄史诗中的灵魂具有双重性：看得见的和看不见的，具体的和抽象的。

在人类历史上，在自然与文化、野蛮与文明的双重矛盾中，蟒古思的形象从一开始就代表了自然和野蛮，所以它身上及其灵魂中体现出来的自然属性、野蛮属性一直被作为其原型的重要特征传承到今天。

在蒙古英雄史诗中，还出现了与灵魂截然不同的守护神、风马②和苏鲁锭③。

　　　　福分大的守护神

　　　　是北山上的毒蛇。

---

①　魔鬼的工布汗，蒙古《格斯尔传》中有一部《格斯尔镇压魔鬼的工布汗之部》，如隆福寺本中的第十二章。魔鬼的工布汗为其反方英雄。——译者注

②　风马蒙古语为 kei mori，是佛教里代表人们精神状态的一种象征，这里以某种具体动物或植物来代替。——译者注

③　苏鲁锭是蒙古族用来象征战神、力量、精神的一种旗帜，又译为"纛"。一般是黑白两色，由矛状金属、马鬃、杆制成。这里指的是代表英雄灵魂或精神的某种具体动物或植物。——译者注

世界上仅有的风马

是枕头下的黄色玛塔尔。

英勇的苏鲁锭腾格里啊，

西山上的虎豹。

我格外重要的命根子

是床底下的绿蛇。①

有时灵魂和守护神会相互混淆，有时守护神和偶像会相互混淆。德国哲学家和心理学家 B. 本德曾经说过荷马史诗中的神和鬼之间只有咫尺的距离。

这里只谈一下与蒙古英雄史诗中的"偶像"有关的问题。偶像和灵魂不同，不在体内寄存或者在身体周围盘旋，它们有其特定的形象，有其神秘的力量。仔细分析史诗中的这些偶像，可以将之分为人形的、人与动物（主要是野兽和禽鸟）结合为一体的、动植物形的三种。偶像与崇拜者有着最亲密、最熟悉的关系，而且在关键时刻可以扶持和帮助崇拜者。

格斯尔无法战胜蟒古思的守护神野牛的时候呼唤自己的三神姊道："人家的守护神都这样卖力，我的天上的众守护神、地上的众守护神你们都在干什么？我的三神姊！"三神姊是时刻佑护格斯尔的最亲密的守护神。有时候格斯尔的守

---

①　道荣嘎、特·乌日根等整理：《阿拉坦舒胡尔图汗》（蒙古文），民族出版社1984 年版，第 72 页。（这是 1962 年由新巴尔虎右旗额尔敦乌拉公社 58 岁妇女色瑞格玛演唱、道荣嘎记录的史诗《西热图莫日根》中的蟒古思守护神。——译者注）

护神是上半身是鸟下半身是人的棕色雄鹰，这是半人半鸟的守护神。上面提到过的《格斯尔》中抢劫阿尔鲁—高娃的十二颗头颅的蟒古思的守护神是野牛，神树是刀剑树，这实际上就是动物和植物形象的守护神。锡莱河三汗的守护神是头和前胸是白色、臀部是黄色、尾巴是黑色的巨鸟，而且他们还将母亲寿山、父亲寿山和白色石头称作"偶像"。史诗《江格尔》中大力士库日曼汗的守护神是白色女童米拉特①。史诗《达尼库日勒》中的偶像是"天人师"、吉雅齐白翁、因陀罗白翁（蒙古语的 yinderi 可能来自梵语的 yindra）②。而科尔沁史诗中的蟒古思喇嘛等的形象已经变成了平凡的现实化的客观的形象了。

蒙古英雄史诗中的人形偶像有时候被描述为腾格里天神的伴神、同类或者人类祖先的灵魂与苏鲁锭。

总的来讲，蒙古英雄史诗中的人与自然的深层关系基本上就是美学和宗教信仰范畴的关系。

---

①　白色女童米拉特：蒙古语为 Keüken čagan mirad，是蒙古英雄史诗里反方英雄守护神的名称，意义不明。——译者注

②　天人师、吉雅齐白翁、因陀罗白翁（蒙古语的 yinderi 可能来自梵语的 yindera）均为史诗中使用的正方英雄的守护神。其中天人师为佛陀十号之一，因天与人均以佛为师，故称天人师或天人教师；吉雅齐本为萨满教中保佑牲畜的神灵；因陀罗即帝释天，蒙古语中通常译为"霍尔穆斯塔"。——译者注

第 七 章

文化变迁中的史诗发展

一　蒙古英雄史诗诗学的三种基本形态

众所周知，蒙古英雄史诗的起源、发展、完善和衰落在时间上有很大跨度。模式化的程式与动态的情节之间、基本母题与活的语言之间（在至今口头流传的史诗中这一情况更加突出）的矛盾一直延续到今天。这是传统的程式和新语境之间互相冲突的结果。这种特征使得史诗的研究更加复杂艰难。我们如果从文化形态的角度管窥不同区域、不同部落的英雄史诗作品，就可以见到从神话思维向魔幻主义思维，从萨满教的影响向佛教的影响，从游猎文化形态向农业文化形态，从程式化、固定化向现实化、小说化缓慢过渡的痕迹。以蒙古英雄史诗中的创世开篇为例，最初的创世开篇是从神话的角度叙述世界起源的，后来变成了从佛教的角度讲述世界的起源（下面专门论述，这里从略）。最初描述史诗英雄（主要是正面英雄）的时候主要是用猛兽凶禽来比喻其强大的力量：

两肩之间
有七十只大鹏金翅鸟的力量，
十指之中
有十头雄狮的力量。

而后来则把佛教的诸佛菩萨、五大护法神的威猛和相貌特征赋予英雄，把英雄描述成"头顶上发出瓦其日巴尼的佛光，额头上发出麦达里的佛光"。在占卜征兆方面，黄色女萨满①从用铜勺、掷羊拐子占卜变成了查阅麦达里佛②的黄色经书、掷骰子和抽竹签。在医药方面，不到一夜就能治愈人的绵羊白药变成了不到一刻就能救活人的释迦牟尼佛神丹。史诗英雄最初可以凭自身的魔法变幻自如，到后来就要依赖于有魔法的衣帽，如"戴上不被人看见的魔法帽子"（这与本子故事有关系）。尤其是科尔沁史诗，它极为突出地反映了史诗中的游猎文化形态所受的农业文化形态的影响。

当然，我们在这里必须强调，这些变化虽然在一定程度上改变了正式史诗的经典模式，但却没有完全抛弃史诗的基本性质。正因如此，蒙古的史诗诗学可以被分为三种基本形态来讨论。这就是原始史诗、完整史诗和变异史诗这三种形态。

原始史诗会单纯地演述婚姻和战争的基本母题，充分地保留了游猎（游牧）文化的影响和原始信仰（萨满教、自然崇拜），同时反映了氏族（部落联盟）制度的特征和国家的最初形式。如上文所述，史诗英雄分成黑、白两个阵营。白方英雄的神性明显，接近神话中的文化英雄。其性格暴躁，心性爽直、

---

　　①　黄色女萨满：用黄色修饰女萨满，可能代表佛教影响，也可能只是为了形成头韵。黄色是蒙古史诗中常用的修饰语。——译者注

　　②　麦达里佛：即弥勒佛，蒙古文"麦达里佛"音译自梵语。麦达里佛为未来佛。——译者注

稚嫩，代表了社会共同体的精神意志，反映了社会光明、积极的情感心理。而黑方英雄则是自然性突出，与野兽无异。其外貌特征奇特可怕，用毒蛇、猛兽的器官武装全身，蕴藏了超自然的神秘力量，是大千世界黑暗力量和自然界中各种灾难的化身。原始史诗的情节主要是单线发展，形象描述也不甚丰富。由此我们可以看出远古人类的思想认识和神话思维的特征。

完整史诗拓展了婚姻和战争的基本母题，不仅出现了交叉、复合的情节，而且插入了新的母题，基本上同时反映了游牧文化形态和萨满教与佛教的影响，氏族制度特征仅在其中留下些许印迹，这在某种程度上描述了阶级社会的规章制度和朦胧的国家形态。在黑、白双方英雄的类型化人物体系中，在"可汗""诺彦""圣主"之后依次排列"勇士""谋士""贤者"，而且出现了"箭手""占卜者""颂酒官""牧马人"等社会分工。在黑方英雄的行列中，出现了"蟒古思可汗""蟒古思之神""恶魔之汗""罗刹之汗"等，并统辖了"妖怪""魔鬼""夜叉""野鬼"妖怪军队及蟒古思军队。除此之外，在黑方英雄体系中代表社会反动势力的人文形象也日益多起来了。这一时期黑、白双方英雄的形象中都明显增加了现实主义的因素：白方英雄的人性超过了神性，蟒古思形象的社会性超过了自然性。在这类史诗中，黑、白形象被分成了分门别类的类型化的形象体系，故事情节变得更加复杂、曲折，佛教影响已经渗透到那些被超自然力量统治已久的领域。如果说原始史诗中回响的是英雄时代的余音，回忆的是氏族时代的英雄业绩，那么完整史诗则合理地解释了部落联盟、民族的形成、国家的起源以及在某种程度上代表着历史发展趋势的可汗英雄的丰功伟业和"血宴"（战争）等。完整史诗记录了蒙古英雄史诗发展史上的黄金时代，其主要代表就是卫拉特史诗。卫拉特史诗中不仅出现了《江格尔》等长篇巨著，而且也出现了《达尼库日勒》《布玛额尔德尼》①等著名的经典史诗。它们作为全体蒙古民族的共同财富被广泛传播，并为读者和听众带来了语言艺术方面的无限审美享受。社会的变化无常，部落之间的矛盾斗争，部落内部的纷争杀戮，迁徙、战争不断，这些都为蒙古英雄史诗的发展与完善创造了有利的历史条件，而卫拉特人正好遭遇过这样的历史命运。

在卫拉特人中不断涌现出著名的江格尔奇（即"史诗艺人"），他们发展并完善了蒙古英雄史诗的基本母题、英雄格调、壮美风格，进一步丰富和优化了蒙古民族语言艺术的宝库。

变异史诗最具代表性的作品是科尔沁史诗（镇压蟒古思的故事）。科尔沁史诗严格传承了作为蒙古英雄史诗经典传统的婚姻与战争的基本母题，好与坏、美与丑的矛盾，黑、白形象的对垒，对勇气与力量的崇拜，对超自然威力的想象等。另外，其在文化背景、形象描述、故事情节、结构构思等方面产生了许多变化的同时，还明显增加了农业文化的色彩和氛围，本子

---

① 《布玛额尔德尼》：流传于蒙古国西部地区的英雄史诗。最初的记录为1911年西蒙古著名史诗艺人帕尔臣（M. Parchin）演述，苏联学者鲍勃日尼科夫（Bobronikov）记录的文本。——译者注

故事（实际上来源于汉族古代文学，尤其是章回小说）、胡仁乌力格尔和佛教的影响日渐加强，连蟒古思都有了坐床的喇嘛。封建社会上层建筑的一些因素在科尔沁史诗中有了某种程度的反映：蒙古英雄史诗中的可汗有了封建国王的特征；史诗英雄的伙伴（蒙古语为"安达"或"那可儿"）有了将军大臣的特征；更加强调臣忠于君、妇忠于夫；等等。在这里必须提到的是，传统史诗中的可汗与英雄的关系是自愿结合的结义关系，因此比较自由。

在家庭关系方面，史诗英雄会重新夺回被蟒古思和敌对部落抢掠的妻子并和好如初，而且还会到蟒古思的部落去求婚。格斯尔可汗听从阿珠—莫日根的话，娶罗布萨嘎蟒古思三个姐姐中的一个作妻子就是一个典型的例子。黑、白双方主人公的人物形象沿着现实主义和魔幻主义这两条路线朝着相反的两个方向发展：正面英雄的形象有了更多的现实生活色彩；反面英雄的形象被高度抽象化，并充满了魔幻主义色彩。另外，在黑白双方英雄的行列中也出现了中性的形象。在作战方式上，变异史诗不再像传统史诗那样只凭英雄本身的力量，而是通过布阵迷惑对方来取得战争胜利。在结构方面，变异史诗开始突破传统史诗的十四个母题（海西希总结的）的顺序，利用本子故事和胡仁乌力格尔的结构，把本子故事中的"且说"① 在科尔

---

①　且说：蒙古语为 tegünčilen ögülekü – inü，东部蒙古民间口头叙事诗常用的一种开头词。——译者注

沁史诗中变成了下面的诗句:

> 说话总有前后,
> 故事必有枝节,
> 暂停这个线索
> 再说另外一个。

故事主线生出分支故事,再由分支故事引出另一个故事,不断由隐形线索引出新的情节。越到后来,科尔沁史诗越偏向小说故事,这也就奏响了蒙古英雄史诗的结束曲。

这些都是文化变迁背景下产生的蒙古英雄史诗诗学的变化。

二　蒙古英雄史诗中的佛教影响

蒙古英雄史诗中反映出的佛教影响是一个相当复杂的问题。从总体上来看,在原始史诗中见到的主要是萨满教的影响而几乎见不到佛教的影响。在完整史诗中佛教在不同的史诗里有了不同程度的反映。来源于印藏文化、文学或者在其影响下产生的蒙古英雄史诗《格斯尔》(布里亚特《格斯尔》另当别论)相当系统地反映了佛教思想。变异史诗则具有了传统萨满教、佛教和农业文化互相渗透、混合而成的文化的复合形态。

《江格尔》的某些篇章、《布玛额尔德尼》、《刚刚哈日特布凯》、《忠毕力格图巴图尔》、《达尼库日勒》等许多英雄史诗基本上没有反映出佛教的影响。

经过仔细观察可以推测出，蒙古英雄史诗自 16 世纪、17 世纪以后大量受到佛教的影响。蒙古英雄史诗中佛教影响的表现形式主要有以下几种情况。

第一种情况是在坚持英雄史诗基本格调、原型、庄严风格的前提下，在一定程度上受到了佛教的影响。譬如说，描述英雄故乡环境的时候会唱：

> 四片海洋澎湃激荡，
> 四座寺庙弘扬黄教。
> 神明喇嘛释迦转世，
> 释迦牟尼弟子无数。
> 释迦弟子七万僧侣，
> 像棋盘摆满了棋子。
> 分成红黄两个颜色，
> 齐声念诵佛法经文。①

或者表现主人公英雄威猛的时候唱道：

> 额头上有麦达里佛的神光；
> 脑门上有宗喀巴佛的神光；

---

① 《江格尔》（蒙古文），内蒙古人民出版社 1988 年、1989 年版，第 250 页。

　　头顶上有瓦其日巴尼佛的神光。①

　　这种描述只是被当作"点缀"来使用，并没有成为蒙古英雄史诗的"精髓"，因此并没有损害蒙古英雄史诗本身的英雄主义、勇气、尚武精神和基本母题。蒙古英雄史诗在长年累月的口头传播和书面传承的过程中不可避免地受到了不同发展时期的伦理道德和宗教意识的影响，从而发生了某种变化，这是很自然的。这好比历经岁月的珍珠上落了一层灰尘。不过，即使落了灰尘，珍珠还是珍珠。在保留了原始宗教印迹的蒙古原始史诗的艺术土壤上，于氏族社会萌芽时期发展起来的诸如《江格尔》等完整史诗中这种情况更是常见。

　　第二种情况是史诗中的佛教影响不仅仅是"点缀"，而是进一步渗透到史诗的主题思想中，并且对史诗英雄的命运起到决定性的作用。《汗哈冉惠》是这方面的典型例子。该史诗虽然反映了婚姻和战争的基本主题及部落联盟（汗哈冉惠、乌拉岱莫日根和吉尔吉斯赛音宝玉达尔等英雄的联盟），保留了神话思维和远古意识，但是对立的双方英雄的背后都站着观世音菩萨、白伞母、度母和腾格里（这里虽然按照佛教的叫法将之命名为三十三个腾格里，但实际上指的是萨满教的腾格里天神）与蟒古思，而且在决定正面英雄命运的问题上观世音菩萨、二十一度母帮助了汗哈冉惠。该史诗应该

---

　　①　《江格尔》（蒙古文），内蒙古人民出版社1988年、1989年版，第206页。

是在原始母题的基础上接受了佛教影响。正如一些国外学者论述的那样，该史诗可能反映了萨满教与佛教的斗争并再现了佛教战胜萨满教的历史路程。

第三种情况是蒙古英雄史诗在接受印藏文化、文学的过程中在某种程度上接受了贯穿其中的佛教哲学、宇宙观和戒律的某些方面。蒙古族《格斯尔》就属于这种情况。我们认为，除了布里亚特《格斯尔》之外，几乎所有其他蒙古族《格斯尔》中都系统地反映了佛教的影响。与其说这是蒙古人自己的原创，不如说是藏族《格萨尔》本身携带的可能更准确。系统考察蒙古族《格斯尔》中的这些影响，有的关系到印藏古代神话、传说和佛教的宇宙观，有的与佛教内明学和律经有关，有的与佛教民俗有关。譬如说，佛教教义中有关上中下三界的解释、三善趣和三恶趣的轮回观念、十善福与十恶孽和因果说等都反映在蒙古族《格斯尔》中。

这里主要讲三界。蒙古英雄史诗中的三界观念并不仅仅是萨满教和佛教才有的观念。它是世界各民族神话、古代传说、原始史诗中经常出现的人类神话思维的普遍产物。在被称为世界第一部史诗的《吉尔伽美什》中也有关于天界和下界（黑暗世界）的模糊描述。荷马史诗中有诸神幸福生活的世界和死者前往的遥远黑暗世界，其中奥德修斯在流浪中就曾经到过地狱。在藏族本土宗教苯教中也有三界。佛教中出现的三界是按照佛经把古代印度三界神话更加复杂化和更加系统化的结果。六道（地狱、饿鬼、畜生、人、非天、天）中的天（梵语 deva）也可被细分为欲界六天、色界十七天或十八天、无色界四天。蒙古英雄史诗中的三界观念在蒙古族《格斯尔》中被佛教思想描述得更加生动、具体。下凡斩除十方十恶之根的天神之子威勒—布图格齐①的伟业是遵照释迦牟尼佛的旨意进行和完成的。诸佛菩萨、天神（主要与佛教有关的天神）随时都关注着格斯尔的一举一动并守护在其身旁。格斯尔被蟒古思喇嘛变成毛驴以后，格斯尔的夫人阿珠—莫日根把格斯尔扶到天上去，按照佛陀的旨意请僧侣诵经并点香净化，这才使格斯尔恢复人身。格斯尔的母亲坠入地狱的原因是格斯尔出生的时候母亲说了"你是不是妖魔的化身？"从而犯下了语言罪孽；锡莱河的三汗与格斯尔可汗的战争和格斯尔三十三位英雄牺牲的原因是过去威勒—布图格齐镇压了外道三天直到第九代，外道三天也发誓："将来如果得势我们也这样战胜威勒—布图格齐"。这些明显是沿袭了佛教的因果观念。甚至圣主格斯尔坐禅一百零八天、安冲（格斯尔的英雄——译者注）教诲茹格牡—高娃要生菩提心等都是佛教渡至彼岸的波罗蜜教义的具体表现。这里需要提到的是，从佛教的角度来看，一百零八的数字原来是指烦恼的数字，佛珠串一百零八颗，佛经读一百零八遍，坐禅一百零八天等等，都是为了根除内心的罪孽。

　　除此之外，祈祷、诵经、点燃煨桑祈福、积德积善等许多

----

　　①　威勒—布图格齐：在《格斯尔》史诗中，霍尔穆斯塔腾格里的次子的名字，后下凡转生为格斯尔。

细节不仅关系到佛教民俗，有的还关系到藏族苯教和蒙古族萨满教的传统，譬如说，祭祀山水就是蒙古族萨满教的传统。我国藏学家降边嘉措和奥地利藏学家 B. 萨穆伊尔（B. Samuil）等研究藏族《格萨尔》后得出结论：藏族《格萨尔》先反映了藏族苯教的影响，后来才吸收了佛教的影响。这个观点不无道理。

蒙藏《格斯（萨）尔》的关系不仅仅是简单的借用、编译和模仿的问题，它们也都有各自深刻的社会历史背景。社会发展的某种相似性，游牧文化、苯教和萨满教的共通性（更何况两个民族都有共同的佛教信仰），民族性格和审美的某种相似性等都促成了蒙藏《格斯（萨）尔》之间无法分清你我的深层同一性。

第四种情况主要是科尔沁史诗中反映的佛教影响与农业文化影响的独特融合。科尔沁史诗中的佛教影响是比较广泛和细致入微的，这些突出体现在《宝迪嘎拉巴汗》《阿拉坦嘎拉巴汗》《英雄道喜巴拉图》等代表性科尔沁史诗中。传统蒙古史诗里的有关世界起源的程式化诗歌段落中有时候会结合佛教神话简单提到"当须弥山还是小山丘的时候，当乳汁海还是小泥塘的时候"，而科尔沁史诗《宝迪嘎拉巴汗》的序诗结合古代印度吠陀经和佛教教义演述了相当详细的内容。这里顺便提一下，"须弥山""乳汁海"两个名词都来源于古代印度。众所周知，须弥山（梵语为 sumeru）是印度古代神话中的山名，后来传入佛教。这座山高八万四千由旬①，山顶上住着因陀罗神（即蒙古语中的"霍尔穆斯塔腾格里"），四周有北俱卢洲（梵语为 uttarakuru）、东胜身洲（梵语为 purvavideha）、西牛贺洲（梵语为 aparagodaniya）和南赡部洲（梵语为 jambudvipa）四大洲，环绕有七内海（蜂蜜、油、酸奶、乳汁、净水、酒，有的说六内海），乳汁海便是其中之一。《宝迪嘎拉巴汗》的开篇唱道：

> 日月还没有出现的时候，
> 人类自身发光照耀世界，
> 人人活到八千四万寿命。②

这实际上直接引用了佛教神话。佛教典籍中说，在摩诃萨马地的时代，人的寿命是无限的；拘留孙佛的时代，人类寿命可达到八万岁（史诗中误为八千——引者注）；拘那含佛的时代，人的寿命可达到四万岁。该史诗的开篇还把释迦牟尼佛八大弟子之一密宗的瓦其日巴尼佛（即藏语中的"查格德尔"）与世界的起源联系起来，瓦其日巴尼佛搅拌南海取得甘露的情节可能来源于印度古代神话中天神和阿修罗共同搅拌乳汁海获得永生甘露后互相争夺的母题。该史诗演述世界起源的时候将印度古

---

① 由旬：蒙古语为 ber-e，蒙古语中的距离单位，一个由旬约两千公里，来源于古代印度。

② 色楞演唱，瓦尔特·海西希、法伊特、尼玛记录整理：《阿拉坦嘎拉巴汗》（蒙古文），内蒙古文化出版社 1988 年版，第 7 页。

代神话、佛教教义和孔子学说的三纲五常融为一体，这反映了
当时多元文化的碰撞、交流和交融，是值得关注和深入研究的
文化现象。我们在科尔沁史诗中经常见到这类现象。譬如说，
在科尔沁史诗《阿斯尔查干海青》中，英雄海青出征蟒古思的
时候携带的武器是：

> 手柄上有旋纹，
>
> 刻着玛尼真言，
>
> 九叉戟手中拿，
>
> 举起来佩腰上。①

这其中，玛尼六字真言来源于佛教，而九叉戟则来源于本子故
事和胡仁乌力格尔。再譬如说，该史诗中蟒古思的喇嘛宝日吉
噶查干仙人是这样作法的：

> 从四面八方搜集
>
> 各种萨依噶符字
>
> 在北山洞中造出
>
> 十三个青铜的梭②

---

① 《阿斯尔查干海青》（蒙古文），内蒙古人民出版社 1979 年版，第 74 页。

② 同上书，第 241 页。

这"萨依噶符"（蒙古语为 sayag）就是汉语的"符字""丹书"，是汉族道教中请神、邀鬼、镇魔、禳灾时使用的字符。《龙鱼河图》中有黄帝授天之命使用字符镇压蚩尤的故事。"青铜梭"是佛教中驱魔和镇压异教敌人时使用的武器。据说，青铜梭比面梭更有威力。在科尔沁史诗《宝迪嘎拉巴汗》中，英雄锡林嘎拉珠巴图尔和阿哥诺彦与蟒古思的女儿作战时的场景描述如下：

> 十二支神箭
>
> 显出了骷髅鬼的相；
>
> 十方之主阿哥诺彦
>
> 显出了本尊神的相；
>
> 英勇的狂暴英雄
>
> 显出了阎罗王的相；
>
> 白色的神箭
>
> 显出了骷髅鬼的相。①

上述诗行中的"骷髅鬼"是藏传佛教羌姆舞中的角色。"本尊神"的蒙古语"yidam"一词来源于藏语，梵语将之称作"Sva-deva"。不同信徒的本尊神互不相同，这里可能主要比喻了密宗

---

① 色楞演唱，瓦尔特·海西希、法伊特、尼玛记录整理：《阿拉坦嘎拉巴汗》（蒙古文），内蒙古文化出版社 1988 年版，第 204 页。

五大护法神。科尔沁史诗中的黑、白双方英雄经常按意愿将金刚杵（梵语为 ochir）和大刀、梭和钟、转经筒和亚亚葫芦①等佛教法器和本子故事中将军、道士的武器组合使用。

科尔沁史诗中出现的蟒古思喇嘛、蟒古思仙人、蟒古思师傅等所居住的寺庙和供奉的神佛、法器、法衣等都是按照喇嘛教的传统来刻画和描述的。蟒古思的寺庙也由四个扎仓②组成。

当然，这一切都是从审美的反面评价出发的。被当作佛法敌人的蟒古思喇嘛在与白方英雄作战的时候主要使用来源于本子故事或胡仁乌力格尔的各种迷魂阵和邪术。他们摆出"青铜灵嘎阵"（《阿斯尔查干海青》）、"阎罗王冰阵"（《宝迪嘎拉巴汗》）、"毒蛇阵"（《英雄道喜巴拉图》）、"山水阵"（《阿拉坦嘎拉巴汗》）等五花八门的迷魂阵来伤害对方。关于这些布阵的具体情况将在"农业文化影响"部分时详细论述，这里重点谈一谈与佛教相关的（实际上是印藏佛教文化与汉族农业文化在蒙古英雄史诗中的交融）"青铜灵嘎阵"。"青铜灵嘎阵"是史诗《阿斯尔查干海青》中蟒古思喇嘛宝日吉噶查干仙人为了召唤英雄阿斯尔查干海青的灵魂而设的邪阵。摆阵召唤敌方灵魂的题材早就曾在本子故事或胡仁乌力格尔中出现过。但是，这里修炼"青铜灵嘎"的题材则来源于西藏。我们并不清楚印度有没有这种仪式。在西藏的苯教和喇嘛教的仪式中则有这种为

---

① 亚亚葫芦：特指有两节的葫芦，本子故事中常被用作法器。——译者注

② 扎仓：蒙古语为 rasang，来自藏语的"扎仓"，指藏传佛寺内专门研究佛学学科的学院。——译者注

了伤害敌对一方而制作替身的做法，这种替身叫"灵嘎"。灵嘎可以面塑，也可以纸上绘制，在特殊情况下也可以用青铜等坚硬材料制作。据说青铜制作的灵嘎更有法力。将敌人穿过的衣服的残片或者头发、指甲等附会在灵嘎上面诵读经咒后再毁坏灵嘎，以期达到其目的。喇嘛跳羌姆舞的时候也会举行毁灵嘎的仪式。毁灵嘎和摆阵同样都须使用肮脏的东西。在本子故事，譬如《五传》中，详细描述了这种做法。"青铜灵嘎阵"是本子故事在各种摆阵的现成形式中套用了西藏毁敌巫术的灵嘎仪式。

这里需要强调的是，就算是同一个文化范畴内的文化交流和文化交融也会出现十分复杂的现象，更不用说是不同民族之间的文化互动了。正如前一章所论述的，在《格斯尔可汗传》中有一句"具备了十善业力"，这个只有在佛陀和菩萨身上才能用的"十善业力"在这里却用在了蟒古思化身的身上。史诗《宝迪嘎拉巴汗》对蟒古思家乡是这样描述的：

> 在背阳的山沟中，
> 邪恶的寺庙举行
> 哲仁布切的法会。①

---

① 色楞演唱，瓦尔特·海西希、法伊特、尼玛记录整理：《阿拉坦嘎拉巴汗》（蒙古文），内蒙古文化出版社 1988 年版，第 24 页。

"哲仁布切"是藏语，意为"宝圣"，主要用于敬称活佛圣人，但是这里却用来指称蟒古思的家乡。科尔沁史诗中出现的"宝日吉噶查干仙人""蟒古思的仙人喇嘛"中的"仙人"也来自于梵语的"Rsi"（哩师），意为修行明心，最早的时候指印度古代吠陀经时代的职业诗人，后来泛指高贵的神人。这样给高贵的概念加以丑恶内涵的表达方式导致了英雄史诗的审美评价更加复杂化。

上面论述的内容只是几个代表性的例子而已。在传统蒙古英雄史诗的基础上奇妙地融合了印藏佛教文化影响和汉族农业文化影响是科尔沁史诗的一个格外引人注目的特征。

三　蒙古英雄史诗中的农业文化影响

综合考察蒙古民族的英雄史诗，它主要是在游猎文化的背景下起源并发展的。其中，只有科尔沁史诗明显受到农业文化的影响，这主要缘于社会历史文化的发展变化。在从游牧经济向定居的农业经济转变，从萨满信仰向佛教转变，从民间文学向书面文学转变的过程中科尔沁史诗正好进入了其发展阶段，洋溢出其审美的独特色彩。虽然科尔沁史诗在文化形态、形象描述、故事情节、结构构思、语言等各方面已经发生了很多变化，但是它忠实地保留并传承了蒙古英雄史诗美学的基本要素——善与恶、美与丑的矛盾，黑白形象的对峙，婚姻和战争的基本母题，对勇气和力量的崇拜，超自然世界的想象等，这也正是将科尔沁史诗（镇压蟒古思的故事）称为史诗的原因。尤其是黑方英雄的形象体系（男蟒古思、女蟒古思、蟒古思女儿、蟒古思喇嘛）在其中被刻画得格外细致入微。正因为如此，我们才把科尔沁史诗当作蒙古英雄史诗在其衰落阶段奏响的谢幕曲。

科尔沁地区的农业经济的发展，蒙汉两个民族文化之间的广泛交流（直到习俗、伦理道德），汉族古代文学的编译，以及在其影响下产生的本子故事和胡仁乌力格尔的发展、人们审美情趣的变化，所有这些都不可避免地强烈影响了在游猎经济和氏族制度时代产生萌芽的蒙古英雄史诗。

首先在婚姻和战争基本母题方面，传统史诗具有氏族制社会的原始时代特征。传统史诗中有"族外婚""到遥远的地方去求婚""寻找未婚妻成婚""考验女婿""抢婚"等婚姻母题，这些都不是"和亲"，而是要经过诸多环节，如通过一系列的难关、完成男儿三项比赛、通过不寻常的考验等，甚至通过发动战争来达成目的。可是，科尔沁史诗中已经出现了具有浓厚封建色彩的婚姻母题，"战争婚姻"变成了"和亲"。譬如说，史诗《阿斯尔查干海青》中的哈斯宝贝汗不仅自愿把女儿嫁给阿拉坦嘎拉巴汗，而且把女儿的侍女（有些科尔沁史诗将之称作"丫鬟"）也赏给阿拉坦嘎拉巴汗的英雄阿斯尔查干海青。在史诗《英雄道喜巴拉图》中，哈斯宝贝汗遵照天神的谕旨——金令牌的指示，把自己的三女儿图门苏那嘎嫁给特古斯朝克图汗，而且是亲自送过去的。在科尔沁史诗《沃很查干温钦巴图尔》

中，额尔德尼芒来汗决定把公主嫁给英雄乌呼勒贵。传统史诗中的可汗、圣主、诺彦等在科尔沁史诗中已经变成了身穿龙袍、腰系玉带的皇帝，隆重登场；皇帝心爱的公主也会乘轿嫁到夫家。这些都是蒙古英雄史诗在本子故事和胡仁乌力格尔的影响下产生的变化。

有趣的是，传统史诗中的"抢婚"在科尔沁史诗中变成了"盗婚"，因为蟒古思部落偷盗皇帝的美丽夫人、漂亮女儿、宠爱的太爷（皇帝的儿子，主要是蟒古思女儿抢去强迫其做自己的夫婿），从而使黑、白双方矛盾升级，发生战争。在《宝迪嘎拉巴汗》中，阿扎尔蟒古思的女儿为了完成父亲和自己的婚事去抢劫了宝迪嘎拉巴汗的夫人额木那格日勒和太子阿拉坦嘎拉巴；在史诗《英雄道喜巴拉图》中，蟒古思的女儿萨里汗沙日听了蟒古思喇嘛的话，去抢劫了特古斯朝克图汗的夫人图门苏那嘎；在史诗《阿拉坦嘎拉巴汗》中，蟒古思之首瓦其日铁木尔预谋抢劫萨仁杜拉嘎汗的夫人萨仁格日勒；《阿斯尔查干海青》中蟒古思的女儿铜拉沙日去抢劫阿拉坦嘎拉巴汗的夫人娜仁满都拉。科尔沁史诗中产生的如此之多的婚姻母题链，进一步改变和拓展了传统史诗中的婚姻基本母题。

再看战争母题方面的变化，如果说传统史诗中黑、白双方的英雄是靠勇气、体力和坐骑的智慧作战，那么在科尔沁史诗中则变成了主要靠在战争的关键环节中布阵来毁灭对方。与汉族神秘文化传统（方术、气数）相关联的结合阴阳五行所布战阵在以手抄本形式广泛流传于内蒙古地区的唐代故事《五传》

中的每一部中都出现过不止一次。这些题材通过本子故事和胡仁乌力格尔在民间广泛流传是理所当然的事情。《全家福》中出现的"寒冰阵"、《尚尧传》中出现的"石墙阵"和"龙门阵"、《羌胡传》中出现的"牛幻阵"、《楔辟传》中出现的"凤凰阵"等布阵作战的母题不同程度地传入科尔沁史诗中，变成了《宝迪嘎拉巴汗》（却吉嘎瓦等搜集整理的史诗）中的"阎罗王寒冰阵"（来源于"寒冰阵"）、《英雄道喜巴拉图》中的"毒蛇阵"（来源于"龙门阵"）、《宝迪嘎拉巴汗》（瓦尔特·海西希等搜集整理的史诗）中的"山水阵"（来源于"石墙阵"）、《阿斯尔查干海青》中的"青铜灵嘎阵"。值得注意的是，《苦喜传》中出现的"四魂阵"（又名"收魂阵"）是把敌方将领的名字写在画像上，召唤其灵魂并使用各种脏污的东西作法以达到毁灭敌人的目的。这与西藏的"灵嘎"仪式何其相似！这可能反映了各民族原始思维和心理学上同质性的深远渊源。当然，与本子故事和胡仁乌力格尔相比，科尔沁史诗中的布阵作战母题并不是十分复杂。

科尔沁史诗中涉及的战争母题的另一个变化是英雄铠甲和武器的改革。在科尔沁史诗中出现了汉族古典文学和蒙古族本子故事中的月亮大刀、单刀、照妖镜、青铜镜、围带、九叉戟、亚亚葫芦、大宝鲁尔榔头、铜钟、羽扇（蟒古思部落使用的是毛驴尾巴做的拂尘）等，尤其是天上仙女骑着瑞兽，驾五色云，举剑摇旗这一人物形象，该形象本身就是从汉族文学的胡仁乌力格尔传入科尔沁史诗中的。科尔沁史诗中英雄常用的布鲁棒更是直接从现实生活中狩猎的实用工具。

其次，在黑、白形象体系方面，传统史诗中的可汗、圣主和领袖在科尔沁史诗中日益变成封建皇帝的角色，不再直接参与战争，冲锋陷阵（格斯尔、江格尔、汗哈冉惠、布玛额尔德尼等，无论是谁，都将身体力行地参与作战看作高尚的品德和高贵的行为），不仅如此，有的英雄、贤者和好汉也开始有了权臣的派头。在史诗《阿拉坦嘎拉巴汗》中，萨仁杜拉嘎汗的老英雄阿斯尔查干海青的儿子哈丹霍来特纳格是这样觐见萨仁杜拉嘎汗的：

> 身穿九龙袍，
>
> 衣襟向后摆；
>
> 来到真龙前，
>
> 英雄敬重礼。①

在科尔沁史诗的人物形象中最典型和刻画得最详细的是蟒古思部落。不谈其他，就拿其中对蟒古思头颅的描述来讲，科尔沁史诗已经抛弃了传统史诗中对蟒古思头颅简单介绍的做法，而是分别详细描述了每一颗个性化的头颅：

---

① 色楞演唱，瓦尔特·海西希、法伊特、尼玛记录整理：《阿拉坦嘎拉巴汗》（蒙古文），内蒙古文化出版社 1988 年版，第 330 页。

擅长诅咒的喋喋不休的脑袋

趁机咬人的龇牙咧嘴的脑袋

传播瘟疫的疮口流脓的脑袋

引人发热的咳嗽不停的脑袋

目不斜视的长着眼睛的脑袋

一口吞人的血盆大口的脑袋

散布死亡的祸祟不绝的脑袋

传染疾病的惹人嫌恶的脑袋

嗜血成性的贪馋无度的脑袋

吃石上瘾的饥馑变态的脑袋

永吃不饱的贪得无厌的脑袋

吵吵闹闹的疯疯癫癫的脑袋

吸人鲜血的嘴角沾血的脑袋

专吃孩童的鬼子母般的脑袋

喜欢打架的蛮横无理的脑袋

咬碎一切的狂暴凶恶的脑袋

火光四射的熊熊燃烧的脑袋

只有独眼的恶魔化身的脑袋

头骨发白的骷髅小鬼的脑袋

鼻子上翘的玛塔尔鬼的脑袋

口水长流的贪得无厌的脑袋

锥子尖嘴的蚊虫叮咬的脑袋

花花斑斑的山中老虎的脑袋

两眼发红的饥饿苍狼的脑袋①

为了充分表现蟒古思头颅的形貌、功能、危害，科尔沁史诗进一步丰富和发展了塑造蟒古思形象的传统艺术手法。

科尔沁史诗中的蟒古思一方面比其原型更加抽象化和符号化；另一方面与农业文化的语境有了更多的契合之处。譬如说，蟒古思被打败后求饶时说（传统史诗中也常见这种母题）：

即使叫我牵牛车…

即使叫我住窝棚…

即使叫我端茶水…

即使叫我牵牛马

我都乖乖得像一棵树。②

而且杀死蟒古思以后，从蟒古思肚子里出来的东西都是：

连叶带杆的旱烟，

连缸带盅的白酒，

连筐带篮的干菜，

---

① 《琶杰文集》（蒙古文），内蒙古人民出版社 1983 年版，第 582—583 页。

② 同上书，第 622 页。

连柄带把的镰刀。①

这些本身就是农业生活的缩影。

正如前一章提到的那样，科尔沁史诗详细地描述了蟒古思的喇嘛，而且他们在修炼的时候：

把一只脚的鞋子

脱下来放在前面。②

这不是活脱脱的济公和尚脱鞋的情节吗？蟒古思喇嘛性急的时候是这样的：

南瓜脑袋抽了一下筋，

辣椒帽子滚了一地。③

毫无疑问，"南瓜脑袋"和"辣椒帽子"都是来自农业文化的意象。

科尔沁史诗中的美女形象不再只是传统史诗中的"光彩照

---

① 巴·布林贝赫、宝音和西格编：《蒙古族英雄史诗选》（蒙古文），内蒙古人民出版社1988年，上册第433页。

② 色楞演唱，瓦尔特·海西希、法伊特·尼玛记录整理：《阿拉坦嘎拉巴汗》（蒙古文），内蒙古文化出版社1988年版，第110页。

③ 却吉嘎瓦、桑布拉放日布、陶·青柏等整理：《宝迪嘎拉巴汗》（蒙古文），民族出版社1990年版，第247页。

透毡包，有着美丽的红脸蛋，光辉穿透墙毡，有着温和的红脸蛋"的简单描述，更是利用胡仁乌力格尔的精雕细琢的手法进行的详细刻画：

> 因为生得太美，
> 孔雀见了开屏；
> 清澈的黑眼睛
> 像水晶般闪烁；
> 见了白皙脸庞
> 百合花也羞愧；
> 红润润的嘴唇
> 好比樱桃滴水；
> 见其文雅举止
> 月亮留恋不舍，
> 迷人轻笑之时
> 湖水嫉妒荡漾。①

在传统史诗中赞美女人的美丽时则是结合游牧文化：

> 面朝北方睡眠，

---

① 却吉嘎瓦、桑布拉敖日布、陶·青柏等整理：《宝迪嘎拉巴汗》（蒙古文），民族出版社1990年版，第363页。

美丽脸庞的光辉

照耀了北方的世界。

北方的人们见了

以为天亮了，

太阳出来了，

就掀开幪毡，

倒了灰烬，

开始挤牛奶。①

而在科尔沁史诗中这个母题已经与农业文化结合在一起了。在科尔沁史诗中，女孩从穿衣到出嫁都带上了农业文化的色彩。

众所周知，传统史诗并不特别重视女人的贞洁，英雄重新夺回被蟒古思抢走的夫人后，便会共同生活，一如往昔，好像什么事情也没有发生过一样，而且众多英雄还会争夺敌人的妻子。可是，科尔沁史诗却已经开始重视女人的贞操了，被蟒古思抢劫的女人会想方设法保持自身的贞洁：

即使杀身开胸，

也要珍惜忠贞。

不仅如此，有的科尔沁史诗还提出了封建社会重要伦理道

① 《汗哈冉惠》（蒙古文），内蒙古人民出版社 1962 年版，第 57 页。

德基准——"三纲五常"。在科尔沁史诗中，皇帝的女儿出嫁时
会乘坐轿子，母亲探望女儿时会手挽金元宝形状的竹篮、脚穿
贴花鞋，等等，都是农耕区民俗的写照。

　　科尔沁史诗也和传统史诗一样，详细描述了主人公唤马、
驯马和鞴马等细节。但是，即便是在这些环节中，也仍能不同
程度地见到农业生活渗透的痕迹。譬如说，英雄喂马的时候：

　　　　为了你体力不减，

　　　　我用麦子喂饱你；

　　　　为了你奔跑有耐力，

　　　　我用稻子喂饱你。①

科尔沁史诗在描述英雄鞴马、骑马出征等方面都使用了反映当
时客观生活的现实主义手法。

　　传统史诗中的"巨大的白毡包"在科尔沁史诗中则变成了：

　　　　紫光四射的墙，

　　　　宝石做的台阶，

　　　　绿松石的柱子，

　　　　水晶般的宫殿。②

---

　　①　色楞演唱，瓦尔特·海西希、法伊特·尼玛记录整理：《阿拉坦嘎拉巴汗》
（蒙古文），内蒙古文化出版社 1988 年版，第 72—73 页。

　　②　道尔吉著：《玛尔朗的故事》（蒙古文），民族出版社 1984 年版，第 1 页。

英雄好汉在途中休息、吸烟（传统史诗中也普遍有该母题）的时候，"从腰带上解下一个烟管像房梁一样长、烟锅像水缸一样大的神奇的烟袋"。除此之外，"黑包头""青铜笼屉""蟒袍""肉酱"等名词术语也接二连三地进入到科尔沁史诗中来了。

科尔沁史诗在结构方面也明显接受了本子故事和胡仁乌力格尔的影响，故事线索变多，故事情节变得曲折复杂。譬如说，在《阿斯尔查干海青》中阿斯尔查干海青去蟒古思的地盘，见到被蟒古思劫走的布日玛央金仙女并救出来，但又再次失去她；蟒古思的女儿铜拉沙日劫走了娜仁满都拉夫人，却在半路杀出一个阿拉格莫迈蟒古思，又将娜仁满都拉夫人抢走；与主人分开的如风白马被水晶蟒古思捉住并将其关进蟒古思的院子中而遇到布日玛央金仙女，如风白马想救出仙女却又被抢走；阿斯尔查干海青跳进河水中扑灭了蟒古思喇嘛作祟的梭上的妖火，却再次救起被河水冲走的布日玛央金仙女；阿斯尔查干海清再次偶遇蟒古思女儿铜拉沙日，在他们激烈交战的过程中，布日玛央金仙女因为害怕落入巨蛙口中，第三次被抢走；等等。在科尔沁史诗中故事线索的错综复杂，故事情节的交叉迂回，故事回合的曲折回转，不仅从整体上使史诗变得曲折、复杂，而且故事情节中所展示出的想象已经带上了魔幻主义的色彩。

史诗作品越向小说作品靠拢，就会越多地失去史诗的特征。科尔沁史诗就是这一趋势的集中体现。

第 八 章

意象、韵律、风格

一　意象

"意象"是一个复杂的概念。我国古代文艺理论中的"意象"和西方现代文学理论中的"image"（亦翻译成"意象"）虽然字面意义相同，但实际内涵并不完全等同。西方理论家关于 image 的解释和定义中也有不同观点，而且这些观点一直并存至今。不同民族分别使用同一个理论概念的时候也有各自的具体情况。如果把母题看作叙事过程中的最小叙事单位，那么应该把意象看作抒情过程中的最小单位，即抒情意象。因为蒙古人民的英雄史诗中既有叙事，又有抒情，所以把母题和意象结合起来探讨是了解蒙古英雄史诗艺术整体性的不可或缺的途径。我在这里并不是全面研究史诗的意象，只讨论涉及其壮美、原始、神奇风格的几个重要方面。

史诗作品中最常用的意象是壮美意象。从客观角度看，其在数字和力量方面直接拓展了感觉的范畴，体现了无限、无量的境况；从主观方面看，让人感到害怕和畏惧的同时又得到提升和愉悦。英雄史诗中的壮美意象首先是通过英雄人物的形象塑造来表达的，这一点我们已经在黑白双方英雄形象体系中讨论过了，因此这里主要讨论与大自然景色相关的壮美意象。江格尔没有看中四个国家的公主，没有娶到命中注定的妻子，所以为了寻找有缘的妻子，他骑马足足奔跑了四个月，登上厄尔克鲁的银白色山顶上瞭望，映入他雄鹰般的双眼中的景色是：

在辽阔冰冷的黑色海里，两股激流迎面相撞，在激流中牛群一样巨大的石头沉浮滚动地相互碰撞拍击，擦出熊熊红火。群山一样高的巨大白色海浪澎湃激荡，岸边七千庹长的烧红的刀刃形成了长长的海岸。①

这是何等骇人的景色！这是由形容词、名词和动词共同组成的复合意象。"冰冷的黑色海"和"群山一样高的巨大白色海浪"、"两股激流迎面相撞"和激流中沉浮相撞的巨大的青牛般的石头所迸出的火花、澎湃激荡的巨浪和被海浪拍打的七千庹长的烧红的刀刃一样漫长的海岸，这一切黑白分明，水火相交，海浪拍打海岸，创造了叫人心生畏惧的庄严的环境和气氛，突出表现了道路的艰险和婚姻与战争的艰难。如果说史诗中的"黑云白云相交""白色吉兆黑色凶兆"等意象关系到黑、白之间的强烈斗争，那么"血雨""石雹"等意象则把白方英雄出征蟒古思所遇到的危险情景展现在眼前。

史诗英雄在征战途中休息时使用的"青石枕""火红的垫脚石"与他们力大无穷、野蛮无比的人物设定正好相符。

---

① 《江格尔》（蒙古文），内蒙古人民出版社1958年版，第255页。

"血宴"（指战争——引者注）是一个民族特征非常突出的
意象，主要用来表现作为史诗最佳场景的战场并集中反映好战、
崇尚战争荣誉的史诗英雄们的心理追求。"狮子山""毒海"是
诗性地理的名词又是形象反映自然艰险的意象。

与史诗的英雄情调混然一体的是这些庄严恐怖的意象通过
拓展空间、伸展光影，所描绘出的原始空旷的环境，用阴冷可
怕的冷飕飕的氛围充斥了高大骏马、大力勇士、危险的蟒古思
登台驰骋的战斗舞台。史诗中普遍存在这种意象。

与壮美意象对立的是滑稽意象。如果说壮美意象引人惊
讶、恐慌、惊奇、畏惧，那么滑稽意象则让人放松，给人带
来自由、惬意之感。滑稽意象的作用，往往不是用来贬低而
是用来讽刺，不是让人嫌恶而是叫人怜悯。这种意象出现在
史诗白方英雄身上的时候能够让高贵变得平凡，让高傲变得
渺小，"秃头小儿""长疮的小马驹""鼻涕孩儿觉如"等意
象都是很好的例子。这是关联到蒙古民间文学传统的一个重
要的美学范畴。

第三种是深层隐秘的意象。这些意象关系到神话学、古代
观念和宗教信仰，而且其中包含我们今天很难解释清楚的一些
内容。这类意象虽然数量不多，但是在艺术中具有"火星"或
者"精粹"的作用。《格斯尔》史诗中的"黑雄鸟的鼻血""黑
雌鸟的乳汁""黑稚鸟的眼泪"等意象就具有很深的隐秘性，而
且据笔者观察，它们与西藏古代的苯教巫术和佛教仪式有关系。
奥地利藏学家内贝斯基·沃捷科维茨在其学术著作中提到的

"西藏宗教仪式中使用的祭祀用品和法器"中曾涉及这类东西。[①]

在史诗中还经常能见到和金银有关的意象。用金银作定语的意象数不胜数，如"金胸银臀的儿子""金胸银臀的女儿""金胸银臀的马驹""后背有金字前胸有银字的白色雄鸟""金套索银套索""金夹银夹""金羊拐银羊拐""金筷子银筷子""金银獠牙""金银轮圈"等。不仅在史诗中，在整个蒙古民间文学中都有这类形象和描述。笔者推测它们来自于印藏文学或者是在其影响下形成的。在《尸语故事》中，魔法尸体的胸部以下是黄金，胸部以上是绿松石。《绿度母传》中还出现了"金翅膀银尾巴的棕色雄鹰""金枝银叶的各种果树""金套马杆银套索""金宫殿银佛塔"等一系列金银意象。众所周知，人类一直珍惜、崇尚金银等贵金属。

佛教有"七宝"（亦称七珍），其中金银居于首位。金，梵语为"suvarna"，具有不变色、不结垢、无障碍、丰满等四种含义，并常被比喻为"佛教四德"（即"常""乐""我""净"）。银，梵语为"rupya"，人们将其珍视如金。人们把金银当作高贵、永恒、纯洁的象征，因此在形容一切美好、崇高、坚固或者非凡的事物和形象的时候使用金银已经成为一种艺术的追求并已经定型了。

---

①　内贝斯基·沃捷科维茨：《西藏的鬼怪和神灵——比较宗教学研究》，《国外藏学研究译文集》第三辑，西藏人民出版社 1987 年版，第 229—251 页。

第四种是象征意象。象征学一直是关涉蒙古文学传统的一个重要现象。俗话说，"蒙古人随吉祥"，蒙古文学，尤其是蒙古诗歌中使用象征手法是比较多的。

蒙古英雄史诗中的象征意象可以分成以下几种。

第一种是蒙古民族文化心理中日积月累形成的普遍性的象征意象。其中，我们可以列举黑、白征兆，黑方英雄和白方英雄，黑、白公牛，巨大的白色毡帐，黑色的青铜房子，黑方神灵，白方神灵等许多例子。冠以"黑""白"定语的这些意象被广泛使用在不同场合，分别反映了好与坏、美与丑、生与死、荣与枯、残暴与慈祥、祝福与诅咒、吉祥与灾祸，而且都是通俗易懂的意象。

第二种是隐喻意象。这类意象是通过喻体和本体之间的某一个相似点（整体或局部、性质或颜色、特征或形象），用此事物代替彼事物，或者暗示，或者暗指。譬如说，用"约都尔高地"（约都尔，即插在坟墓上的树——引者注）来指示黑方之地、死亡之地；用"三角形的三条路交叉口"来指示妖魔鬼怪和蟒古思行走的路径；用旭日和落日的方向来象征吉利的方向和凶恶的方向；用"三年没有穿鼻勒的三岁母骆驼"来象征英雄寻找的未婚妻。这些比喻意象在英雄史诗的艺术世界里是不可或缺的常用因素。

象征学有时候会用抒情意象和具体事物来象征抽象概念和潜在的意义。我们称其为"概念象征意象"。这类例子常见于蒙古英雄史诗。如用"跌降之马奔跑"来象征衰败、没落、倒霉；

用"马蹄误踩"来象征谬误；用"正确掌握金缰绳"来象征正义的事业；用"抱着马鬃"来象征受伤；"选择锻造的刀刃还是七十匹马驹的尾巴？"来象征选择刀割还是五马分尸的处决方式；用"在你坐骑的右侧长成沙竹，在你坐骑的左侧长成冷蒿"来象征失败者投降归顺。这些生动、丰富、鲜活的意象充分反映了蒙古民族的生活方式、风俗伦理、思维方式，也正因如此，其明显区别于其他民族的意象，散发出了审美的独特光彩。

上面提到的几种意象强化了蒙古英雄史诗悲壮的风格，增强了英雄史诗壮美的旋律，加重了蒙古英雄史诗原始野性的色彩。这就是特别强调蒙古英雄史诗中意象的原因。

二　韵律

美国文学理论家勒内·韦勒克在其《文学理论》中曾经说过："在每一种语言里，史诗的格律似乎总是较为保守的。"①从理论上讲，史诗的韵律起源于歌和诗的原始结合。起初，在口头创作时期，史诗将歌唱、演唱、朝尔伴奏、胡尔伴奏结合起来是很自然的。但是，史诗基本母题、原型和整体旋律的神圣性与其依靠民族活的语言创编、传承所带来的不稳性（随着人们语言的发展格律也在不断变化）之间的矛盾事实上给史诗

① 勒内·韦勒克、奥斯汀·沃伦著：《文学理论》（修订版），刘象愚、邢培明、陈圣生、李哲明译，江苏教育出版社 2005 年版，第 194 页。

语言格律的研究带来了不小的困难。

从文学体裁的角度可以把蒙古英雄史诗分为韵文体、散文体、韵散结合等三种形式。其中，《格斯尔》史诗比较复杂，上面提到的三种体裁都包括在《格斯尔》中。据我们所知，布里亚特的那木吉拉·巴拉达诺（Намджил Балданов）和 М. В. 霍莫诺夫（М. П. Хомонов）等搜集整理的《阿拜—格斯尔—胡博衮》、琶杰演唱的《格斯尔》等作品都是韵文体作品；而其他各种版本的《格斯尔》，譬如《北京版格斯尔》《乌素图召格斯尔》《咱雅格斯尔》《诺木齐哈屯格斯尔》《隆福寺格斯尔》《卫拉特格斯尔》以及齐木道吉整理的《格斯尔》和呈·达木丁苏伦整理的《格斯尔》等虽然偶尔有韵文段落或者用韵文体编写其中的个别章节（譬如说《卫拉特格斯尔》），但是总的来讲，《格斯尔》是散文体叙事作品。《岭格斯尔》则是巧妙地结合了韵文和散文的形式，而且韵文部分格外精美，从中可以见到藏族文化及其诗歌的独特特征。

这里需要补充的是，已经向民间故事过渡的一些混合性史诗已经理所当然地成了散文叙事作品了。

最早出版的卡尔梅克《江格尔》（十三章本）虽然乍一看是散文的形式，但是其间实则充斥着很多的韵文叙事和诗歌格律。一些段落如果是押头韵并加以重新排版，本身就是诗歌。这里举几个例子。在《江格尔》的"总论"及开篇的韵文段落：

Эрднин экн цагт hapгcн,

Эн олн бурхдын шажн делрх цагт гаргсн,

Тэк Зула хаани үлдл,

Танцг Бумб хаани ач

Үзн алдр хаани көвун

Үйин өнчн Жанhp билэ. ①

在古老时代开始的时候出生的，

在诸佛的宗教开始弘扬的时候出生的，

塔克—朱拉可汗的后裔，

唐苏克—本巴可汗的孙子，

乌宗—阿拉德尔可汗的儿子，

唯一的遗孤江格尔。②

不仅双行押头韵，而且除了第二行，基本上是四言律，形成了整齐的格律。

Зурhа оргч насандан

Зурhан бээрин ам эвдж,

Зун жидин үзүр хуhлж,

Зург болсн бээшнтэ

---

① 卡尔梅克文根据 B. B. 巴桑嘎（Б. Б. Басанг）整理的《江格尔：卡尔梅克英雄史诗》（卡尔梅克文）第三版，埃利斯塔 1990 年。

② 《江格尔》（蒙古文），内蒙古人民出版社 1958 年版，第 19 页。

Күнкэн Алтан Цеежиг орулж,

Энгин олн баатармудтан

Баруни ахлач болһгсн мөн.

在六岁的时候,

在六个地方打胜仗,

折断了一百支枪的尖,

征服了有如画般宫殿的

空凯的阿拉腾策吉,

在众多英雄中间

让他做了右手的首领。①

在上面的段落中,虽然后面的三行没有按照蒙古语诗歌的格律押头韵,但是仍然用四字一句形成了步格②。

Долатадан

Дордын

Долан ориг

Дорацулж

Дуута Жанһр нэрэн

Дуудулгсн.

---

① 《江格尔》(蒙古文),内蒙古人民出版社 1958 年版,第 19 页。

② 四字一句形成了步格:蒙古口头诗歌中常见的一种格律,每个诗行由四个词构成。

七岁的时候，

使天下的

七个国家

被征服，

使响彻的江格尔之名

让人人尊称。①

这是诸如《蒙古秘史》等古代蒙古经典中出现的语言、体现了言简意赅、节奏短促有力、读起来清脆明朗、追求内在韵律的诗歌传统。

　　我们依据这样的多种韵律形式可以把上面的史诗段落编排成几种格律形式。

Долатадан дордын

Долан ориг дорацулж

Дуута Жанһр нэрэн дуудулгсн.

是三三四的格律②。或者

Долатадан дордын долан ориг дорацулж

---

① 《江格尔》（蒙古文），内蒙古人民出版社 1958 年版，第 19 页。
② 三三四的格律：蒙古口头诗歌中常用的一种韵律，三个诗行为一节，每个诗行分别由三个、三个、四个词组成。——译者注

Дуута Жанhр нэрэн дуудулгсн.

是两行的格律[①]。无论如何编排，都不会损害和影响蒙古史诗
（尤其是口头诗歌）的格律。更有甚者：

> Үвл уга хаврин кевэр,
>
> Зун уга намрар
>
> Даарах киитн угаhар,
>
> Халх халун угаhар,
>
> Сер сер гисн салькта,
>
> Бүр бүр гисн хурта,
>
> Бумбин орн болна.
>
> 没有冬天只有春天，
>
> 没有夏天只有秋天。
>
> 没有冻人的严寒，
>
> 没有闷热的酷暑。
>
> 有的只是轻轻微风，
>
> 有的只是瑟瑟细雨。
>
> 那就是本巴地方。[②]

---

① 两行的格律：两个诗行构成压头韵并有统一步格的格律。——译者注

② 《江格尔》（蒙古文），内蒙古人民出版社 1958 年版，第 20 页。

这是像民间谚语一样，被语言的磨刀石磨炼成深入人心、喜闻乐见的诗歌格律的经典例子。

这样的韵文体形式也不同程度地出现在卡尔梅克《江格尔》的其他章节中。譬如说，提到江格尔的夫人阿盖—莎布塔拉心灵手巧的时候是这样演唱的：

> 在黑暗中裁剪也不会有偏差，
> 在袖子里穿针引线也不会出错。①

而赞美江格尔威风的时候，则唱道：

> 十个手指的每一个关节都有
> 雄狮和大象的力量交叉支撑，
> 额头上有麦达里佛的
> 弥勒金色的形象自然出现，
> 头顶上瓦其日萨杜佛守护，
> 勇武的阎曼德迦和麻哈噶剌
> 守护在左右两个肩膀上。②

可怕的蟒古思使者活捉雄狮洪古尔的时候则唱道：

---

① 《江格尔》（蒙古文），内蒙古人民出版社1958年版，第206页。
② 同上书，第252页。

> 越过高山过来的时候
>
> 有爪的野兽吃惊得爬到半山腰上长啸不止，
>
> 渡过江河过来的时候
>
> 各种鱼儿吃惊得跳跃搁浅到岸边的沙砾上。①

这个描述段落基本上也是诗歌片段。

仔细思考，卡尔梅克《江格尔》在婚姻和战争的庄严场合，在形容高尚、力士和英雄以及所有震撼心灵的关键地方都选用了韵文体。在散文体《江格尔》中包含的大量的韵文体因素可能反映了史诗创编的"韵文体"到"韵散结合"再到"散文体"的发展过程。而我们后来搜集、整理出版的《江格尔》则全部都是韵文体。

说与唱、叙事与抒情（这其实是比较自由的）原来都和《江格尔》的口头传统有关联。正因为如此，蒙古英雄史诗的诗歌结构既有格律又很自由，在保留古代诗歌的某些特征的同时又吸收了现代（尤其是在科尔沁史诗中）口语的因素。

蒙古英雄史诗的韵律虽然追求蒙古诗歌传统中的押头韵，但也并非死板地恪守。多数史诗作品采取的都是二言、三言、四言一句的格律。因为史诗格律也和古代蒙古诗歌一样强调内在的韵律，所以可以把一行分成两行，把两行分成四行，把隐

---

① 《江格尔》（蒙古文），内蒙古人民出版社1958年版，第285页。

性押韵改成显性押韵，从而使得诗行变长，同样也可以进行反向操作，使其相应地缩短回去。譬如：

Хүр хүр гэж инээлдээд хүрмэн чулуу

Хага хага тустала инээлдээд

Таш таш гэж инээлдээд ташуугийн харгай

Хуга хуга тустала инээлдээд[①]

这种内部押韵的四行诗也可以改排成六行诗：

Хүр хүр гэж инээлдээд

Хүрмэн чулуу

Хага хага тустала инээлдээд

Таш таш гэж инээлдээд

ташуугийн харгай

Хуга хуга тустала инээлдээд

同理：

Харанхуйд эсгэсэн ч

Хазагайгүй

---

① 《宝木额尔德尼》，内蒙古人民出版社 1956 年版，第 65 页。

Ханцуй дотроо оёсон ч

Гэмтээдэггүй

将四行诗中的显性押韵（最后一行没有押韵）改成隐性押韵，可以把四行诗改成两行诗：

Харанхуйд эсгэсэн ч хазагайгүй

Ханцуй дотроо оёсон ч Гэмтээдэггүй

这样编排也不会破坏原诗的格律。二言一句和四言一句的格律对诗行的伸缩来讲具有较强的灵活性，因此，史诗艺人可以根据具体情况将之自如运用。

　　我们可以从《蒙古秘史》中大致窥见古代蒙古书面诗歌的格律结构。换句话说，《蒙古秘史》里的诗歌为蒙古民族古代经典作家诗歌的格律奠定了最初的基础。二言一句的押头韵或者一行中押头韵常见于《蒙古秘史》。

　　　　眼中有火，
　　　　脸上有光。①

　　　　与你备鞍子，

与你开门子。①

把脖子上的

重枷木

脱了扔地上，

把领子上的

枷锁

脱了拿走。②

越是混战，

阵势越适应。

越是翻旋，

次序越不乱。③

生铜额头的，

凿子嘴角的，

锥子舌头的，

冷铁心脏的。④

---

① 巴雅尔标音：《蒙古秘史》，内蒙古人民出版社 1980 年版，第 222 页。
② 同上书，第 496—498 页。
③ 同上书，第 632—633 页。
④ 同上书，第 826—827 页。

与上面的二言一句的押韵格律截然不同，还有一行中的二言互相押头韵：

Jige yin jisün　　　　　（ji－ji）

Ökin-ü önggeten　　　　（ö－ö）

*外甥女的美貌/女孩子的容颜*①

Böger-e yin bügsen-dür　　（bö－bü）

Čeger-e yin čegejin-dür　（če-če）②

Golugad goojijugu　　　　（go－go）

Silüged siberijikü　　　　（si－si）③

这种内在押韵不仅充分反映了蒙古语的奇妙，而且也展示了蒙古诗歌经典格律的审美提炼。当然，这与史诗作品的内在格律是相辅相成的。

这些诗歌格律反映了蒙古诗歌格律的大致特征，而且因为它们是用文字记录、流传下来的，所以与那些仅凭口头流传的诗歌相比，它们更多地保留了原生的形态。我们从上面的内容可以知道，原始史诗的格律更接近《蒙古秘史》的这些诗歌段落。被誉为蒙古英雄史诗顶峰的卫拉特史诗（特别是早期的）

---

①　巴雅尔标音：《蒙古秘史》，内蒙古人民出版社 1980 年版，第 102 页。

②　同上书，第 219 页。

③　同上书，第 158 页。

更突出地体现了这种关系。从文学发展的规律来看，蒙古民族第一部书面文学作品《蒙古秘史》不可能不利用作为蒙古民族语言艺术经典模式的英雄史诗（原始史诗）这一现成的艺术资源。但是，在具体的作品中我们很难确定，到底是谁受了谁的影响。譬如说，《江格尔》史诗中的描述：

　　　迎接来犯的敌人，

　　　你是铁枪的尖头；

　　　袭击一万只羊群，

　　　你是饥饿的红狼。①

《蒙古秘史》中也有相似的段落：

　　　像咬旁边的一切的

　　　凶恶的狗，

　　　像山上奔跑的

　　　猛兽，

　　　像抑制不住怒气的

　　　雄狮，

　　　像活吞的

　　　蟒古思，

---

① 《江格尔》（蒙古文），内蒙古人民出版社1958年版，第271页。

像袭击自己影子的

雄鹰，

像偷偷吞嚼的

大鱼。①

比较两者，其中的构思、意象、比喻是何其相似！只不过后者的构思更加丰富罢了。又如卡尔梅克《江格尔》中：

你让我捕捉，

我不是捕捉了吗？

你让我攒捏，

我不是攒捏了吗？②

这一诗歌段落可以和《蒙古秘史》中的以下诗歌比较：

你叫我到的地方

我就到了；

你让我去的地方

我就给你冲过去！③

---

① 巴雅尔标音：《蒙古秘史》，内蒙古人民出版社1980年版，第151—153页。
② 《江格尔》（蒙古文），内蒙古人民出版社1958年版，第92页。
③ 巴雅尔标音：《蒙古秘史》，内蒙古人民出版社1980年版，第503—504页。

　　在蒙古英雄史诗中又多见作为蒙古口头诗歌格律重要组成部分的三言的格律形式。

　　与英雄史诗的庄严风格和雄壮旋律匹配的简练精确的词汇、短促有力的节奏、节拍丰富的押韵形式等，让我们清楚地看到了蒙古诗歌的词汇平衡、语音和谐、句式同化等基本特征。

　　需要特别提到的是，在处于蒙古英雄史诗尾声的科尔沁史诗中，蒙古英雄史诗的古典格律发生了明显的变化，其中增加了胡仁乌力格尔和叙事民歌的影响，这破坏了传统韵律格式，其中最具代表性的例子是《宝迪嘎拉巴汗》《阿拉坦嘎拉巴汗》。

　　在早些时候，科尔沁史诗不是由胡尔奇演唱的，而是由朝尔奇演唱的。20世纪50年代曾经采访过许多著名朝尔奇的内蒙古语言文学研究所的道荣嘎先生是这样记录哲里木盟（今通辽市——译者）的著名朝尔奇朝鲁的：

　　　　在我小时候，我的家乡有过很多朝尔奇。那时候还没有多少个说唱本子故事的胡尔奇。被称作朝尔奇的人有两种情况：一种是只演奏朝尔唱歌或者帮人伴奏音乐；另一种是专门用朝尔伴奏说唱蟒古思故事。他们演唱蟒古思故事的时候都有专门的曲调，真正的朝尔奇是只说蟒古思故事，从不说本子故事和其他闲散故事。①

————————

　　①　闲散故事：与历史朝代更替等大事件无关的，讲述市井百姓生活的故事。——译者注

在道荣嘎先生的采访笔记中，扎鲁特著名的胡尔奇扎那是这样说的：

> 在我的故乡，古代的时候有很多说唱蟒古思故事的朝尔奇。朝尔奇从来不说本子故事。曲调也不同，据说蟒古思故事有固定的八种曲调或者十种曲调。

由此可见，在朝尔奇们演唱蟒古思故事的时候，科尔沁史诗的格律可能比较接近传统史诗的格律。但是，随着胡仁乌力格尔的传播和胡尔奇数量的增多，科尔沁史诗的音乐性开始发生了变化。如果说早期的蟒古思故事只有八种或者十种曲调，那么到了色楞演唱的《宝迪嘎拉巴汗》，已用简谱记录下来的曲调就达到了二十一个。据一些老人讲，有的著名胡尔奇在说唱胡仁乌力格尔的时候会根据不同的时间、地点、场合、人物、情节，变换使用七八十种曲调。

从上面提到的《宝迪嘎拉巴汗》《阿拉坦嘎拉巴汗》来看，在英雄全副武装、英雄鞴马、女主人公穿衣打扮、布阵、形容蟒古思喇嘛等方面，科尔沁史诗已经直接接受了胡仁乌力格尔的格律和手法。

首先，我们看看胡仁乌力格尔中描述英雄鞴马和英雄全副武装的诗歌段落：

价值一万两的贵重马鞍

套在骏马的背上，

前后各八条皮捎绳

变成穗子拍来拍去。

紧紧箍匝的银项圈

在皮捎绳上亮闪闪，

描绘飞龙的鞍屉

好比大鸟张开翅膀，

雕刻八条龙的马镫

压在上面作镇子，

日月般的两个鞍桥

前后发光显眼。

短龙般的马肚带

勒得紧紧的，

哪怕跑个个把年

也不会松弛……

毒蛇的绿色后鞴

从后面紧紧绕住，

在双龙的铁钩中

扣上

二十八条红色带子

顺着后鞴飘扬。

两个红色盘肠疙瘩

在尾巴下面打结，

花蛇般的攀胸

紧紧勒在前胸上，

在宝贝铁钩中

扣住接头，

十八颗铁铃

顺着节奏叮当响，

碗口大的红穗子

胸下旋上摇晃。①

而在科尔沁史诗《宝迪嘎拉巴汗》中：

价值一万两的马鞍

放在骏马后背正中；

马鞍垫着闪缎挂毯，

乍看好像蝴蝶翅膀；

生铁马镫黄铜包匝，

马鞍两侧金光闪闪；

八条结实的皮捎绳

甩打在前后像穗子；

---

① 仁钦道尔吉、好比图整理：《胡仁乌力格尔传统赋赞》（蒙古文），内蒙古少年儿童出版社 1988 年版，第 201—204 页。

　　　　鞍桥像太阳和月亮，

　　　　好比驮着日月生辉；

　　　　红色后鞧紧紧勒住，

　　　　后臀上面绕了一圈，

　　　　结成两颗盘肠疙瘩，

　　　　有节奏打在后臀上；

　　　　平绒攀胸从前面勒

　　　　在胸前紧紧绕一圈；

　　　　五颜六色漂亮流苏

　　　　顺着胸脯挂一串儿；

　　　　公黄羊皮的马肚带

　　　　绕着肚子扯得紧又紧。①

　　上面两个形容英雄鞴马的诗歌段落，如果去掉其中的个别词汇，则形容的手法、语言格律基本相同。除此之外，英雄（将军）全副武装、作战、道士驾到、仙人喇嘛出征等段落在节奏、格律、形容手法等方面也有很多相似的地方。有时候很难分清到底谁借用了谁。譬如说，在胡仁乌力格尔中，将军戴盔穿甲的程式化段落：

———————

　　①　色楞演唱，瓦尔特·海西希、法伊特·尼玛记录整理：《阿拉坦嘎拉巴汗》（蒙古文），内蒙古文化出版社 1988 年版，第 73—74 页。

后脑勺是肉长的，

头盔可是铁打的。

就怕头盔老颠簸，

震得脑袋受不了。

绸缎头巾拿过来，

叠了八层垫里面，

这才戴上铁头盔，

紧紧勒上头盔带。①

《宝迪嘎拉巴汗》也用了相似的诗歌段落，而且更加简练：

头盔可是铁的吧？

头颅可是肉的吧？

就怕颠簸受不了，

七层绸巾垫里面。②

科尔沁史诗除了这样吸收、利用胡仁乌力格尔的词汇和格律之外，还利用了叙事民歌和对歌的形式与格律。传统史诗，尤其是卫拉特史诗根据托布秀尔的曲调史诗艺人的演唱需要在平衡

---

① 仁钦道尔吉、好比图整理：《胡仁乌力格尔传统赋赞》（蒙古文），内蒙古少年儿童出版社1988年版，第148页。

② 色楞演唱，瓦尔特·海西希、法伊特、尼玛记录整理：《阿拉坦嘎拉巴汗》（蒙古文），内蒙古文化出版社1988年版，第75页。

掌握二言、三言、四言格律的基础上才可以比较自由地演唱某些诗句；而科尔沁史诗在胡仁乌力格尔和叙事民歌的影响下（在近代，叙事民歌广泛流传在科尔沁地区，对文学作品从抒情向叙事的转变、从诗歌向小说的转变发挥了重要作用），对传统史诗的节奏和格律输入了很多新的因素。

> 给你穿上堪布缎子
>
> 你还嫌粗糙啊，
>
> 我的夫人！
>
> 到了可怕的蟒古思的地盘
>
> 不知道你怎样受苦啊，
>
> 我的夫人！
>
> 穿上倭缎平绒
>
> 你还嫌粗糙啊，
>
> 我的夫人！
>
> 到了长角的蟒古思的地盘
>
> 不知道你怎样受苦啊，
>
> 我的夫人！①

---

① 色楞演唱，瓦尔特·海西希、法伊特、尼玛记录整理：《阿拉坦嘎拉巴汗》（蒙古文），内蒙古文化出版社 1988 年版，第 55—56 页。

又有：

> 不给宝贝你说说，
>
> 我这个爸爸呀，
>
> 还能说给谁听啊？
>
> 不给女儿你说说，
>
> 我这个父亲呀，
>
> 还能说给谁听啊？
>
> 领子上的扣子断了，
>
> 唉，我的女儿，
>
> 谁给我缝呀？
>
> 脾气看着变了，
>
> 哎呀，我的喇嘛！
>
> 有谁提醒我呀？
>
> 胸口上的扣子掉了，
>
> 唉，我的女儿！
>
> 谁给我缝上去呀？
>
> 脾气变坏了，
>
> 有谁提醒我呀？①

---

① 色楞演唱，瓦尔特·海西希、法伊特、尼玛记录整理：《阿拉坦嘎拉巴汗》
（蒙古文），内蒙古文化出版社1988年版，第24—25页。

这些诗歌片段照搬了东部蒙古民歌的旋律和词汇风格，与传统史诗的旋律和词汇已经截然不同了。

科尔沁史诗的节奏和格律在口语的基础上变得更加自由和灵活。

我的骏马呀，

如果你在这里多好啊，

天马行空啊，

我就离开了呀！

畜生恶魔的这座高岭啊，

我自己呀，

两腿徒步啊，

什么时候才越过呀？

长年累月

不刮风，

那是不可能的啊，

老天爷也不干啊！

一辈子都

享福，

也不可能，

人间规律不符啊！①

上面的例子，与其说遵循了史诗的格律，不如说遵循了胡仁乌力格尔的旋律和科尔沁民歌的旋律，可能这才更符合客观现实。

三　风格

蒙古英雄史诗中表达的主观主体和客观世界的矛盾冲突、客观世界无限巨大的压力和挺身而出的主观主体带有历史使命的积极性的全面发挥及其带来的主观主体征服客观世界的喜悦，如社会与自然的危机、人类与蟒古思的斗争、野蛮行为与忠诚的誓言、社会与自然的恐怖威胁和战胜它的蒙古族的乐观心态与英雄主义、战争的"血宴"与婚姻的盛宴等，都提出了符合当时审美特征的艺术风格方面的需求。能形象体现蒙古英雄史诗中出现的现实世界的各种方法的体系的艺术风格就是庄严的风格。当然，这种风格不能和个体得到充分发展的现代作家的个人风格相提并论。这种全部落的艺术的总体风格符合远古时代的社会制度和当时人类的心智、心理特征，完成了长期影响全部落语言艺术范式的使命。蒙古文学（古代和民间文学）的总体风格——庄严、朴素、明朗

① 色楞演唱，瓦尔特·海西希、法伊特、尼玛记录整理：《阿拉坦嘎拉巴汗》（蒙古文），内蒙古文化出版社 1988 年版，第 128 页。

等特征明显是在史诗时代就已经形成了的。

有很多因素支撑英雄史诗的庄严风格，但是关于力、量、色三者的审美情趣具有特殊重要的地位。

首先谈谈力的美学。游牧部落在狩猎、放牧的过程中与大自然结下了不解之缘。大自然庄严肃穆的景色、超自然的力量、瞬间的千变万化等无时无刻不威胁着游牧部落。走不完的大沙漠、数不尽的大森林、高山的雪顶、江河汹涌的蓝色、山火喷发的红色、春天草场的绿色……现实世界首先因为其力量、规模和色彩，给人留下了深刻的印象。人类如果想要征服大自然，必须先要向大自然学习，以使其自身也具备这种特性。向大自然学习，逐渐掌握自然的某一种规律，并改变它，逐渐将之改造成"人性化的自然"，这是人类伟大的历史进步。

在作为人类英雄时代余音、部落英雄业绩赞歌的史诗中，英雄们往往要面对超强、凶狠可怕、无限巨大的自然，如果想要征服它们，必须自身也具有同样的巨大身躯、力量、光彩和魔法。正因如此，史诗英雄骑乘的骏马是：

从后面看

以为是城堡，

细看鞍桥洞

才认出是马。

从前面看

以为是山岭，

细看口和鼻子

才认出是马。①

如此巨大的骏马，它"踩过的地方留下一个个井口"②，捕捉它
的时候"人的胸口一样宽的蓝色绸缎套马索套到脖子上被拽得
变成像毛细管一样的细条"。③ 这样的骏马只能用下面的马鞍：

用草原来衡量裁剪的

白色鞍屉铺在马背上，

用大山来衡量制作的

精雕的黄木鞍子放在上面。④

骑着这种巨大骏马的主人在摔跤的时候是这样的：

一只脚踩在山顶上，

一只脚踩在海岸上。⑤

---

① 内蒙古语言文学研究所整理：《英雄史诗》（蒙古文），内蒙古人民出版社
1960 年版，第 113—114 页。

② 《江格尔》（蒙古文），内蒙古人民出版社 1958 年版，第 116 页。

③ 同上书，第 199 页。

④ 陶·巴德玛、宝音和西格搜集整理：《江格尔》（蒙古文），内蒙古人民出版
社 1982 年版，第 899 页。

⑤ 《十方圣主格斯尔可汗传》（蒙古文），内蒙古人民出版社 1955 年版，第
60 页。

这些英雄吃母马的肉的时候：

> 用嘴吐出粗的骨头，
> 用鼻子喷出细的骨头。①

他们喝酒的时候：

> 用七十个人才能抬得动的
> 巨大的黄色瓷碗，
> 接连喝了七十一碗。②

他们和敌人作战受伤的时候：

> 向前倒过去，
> 从地上捡起
> 马驹一样大的石头，
> 塞住右腋的伤口
> 制止住了流血。
> 向后仰过去，
> 从地上捡起

---

① 陶·巴德玛、宝音和西格搜集整理：《江格尔》（蒙古文），内蒙古人民出版社 1982 年版，第 843 页。

② 《江格尔》（蒙古文），内蒙古人民出版社 1958 年版，第 72 页。

绵羊一样大的石头，

塞住左腋的伤口

制止住了流血。①

英雄史诗中具有"审美逆向价值"的蟒古思形象，也是用这样的原则形容的。十二颗头颅的蟒古思化身为野牛，"这头野牛的一支角顶到天上，一支角插入大地。它吃草的时候舌头一卷，就能把一片草原的草舔光；它喝水的时候嘴唇一动，就能把一条河的水全吸干"。②不仅如此，它还在白方英雄的脸上"拉了山一样大的一泡屎。十方圣主格斯尔可汗在黎明时分突然惊醒，掀翻了脸上的大山般的牛屎。野牛的屎堆满了一片草原"。③众所周知，如果敌方英雄渺小而且柔弱，怎能突出正面英雄的形象？蒙古英雄史诗是人类力量的赞歌，它从不同角度有条不紊地赞美了力量的美、力量的神奇、力量的伟大，从而鼓舞了战胜自然和敌方游牧族群的信心和勇气，满足了他们追求崇高之美的审美需求。

其次是量的美学。"数学是最高的艺术形式"，我们的祖先虽然当时并没有总结西方现代美学家宣扬的这个原理，但是在

---

① 那木吉拉·巴拉达诺搜集整理：《阿拜—格斯尔—胡博衮》（蒙古文），内蒙古人民出版社1982年版，第710页。

② 《十方圣主格斯尔可汗传》（蒙古文），内蒙古人民出版社1955年版，第137页。

③ 同上书，第139页。

自己的实践中却具体体现了它。史诗作品用有限的时间、空间和数量表现了无法衡量的无限事物，建构了值得称赞的时间与空间、历时与共时、纵向与横向互相交错的巨大立体世界。他们把审美的触角伸向整个宇宙，用艺术的粗线条描绘出了壮美崇高的风格。

数字系统在史诗中得到了更加丰富、奇妙、生动的应用。

> 两肩之间
> 蕴藏了七十只大鹏金翅鸟的力量；
> 丹田上
> 蕴藏了八十只大鹏金翅鸟的力量。
> 肩膀有七十五尺宽，
> 肩膀之间有八十五尺宽。①
>
> 像袭击十万只羊群的
> 该死的眼睛发红的狼；
> 像袭击一万只羊群的
> 饥饿的眼睛发红的狼。②

---

① 陶·巴德玛、宝音和西格搜集整理：《江格尔》（蒙古文），内蒙古人民出版社 1982 年版，第 800—801 页。下划线为引者所加。

② 《江格尔》（蒙古文），内蒙古人民出版社 1958 年版，第 80 页。下划线为引者所加。

武器是：

用<u>一百</u>只岩羊的角

拼缀而成的弓；

用<u>九十</u>匹骏马的筋

揉熟做成的弦。

拉开的时候，

需要<u>五十</u>条好汉的力气；

放开以后的箭，

发出<u>九十</u>条好汉的力气。

如此强大的黄色弓箭！①

骏马的尾巴和鬃毛是：

<u>八十</u>庹长的宝伞般的秀美的尾巴，

<u>八</u>庹长的珍珠般的秀美的长鬃。②

英雄住的宫殿是：

---

① 陶·巴德玛、宝音和西格搜集整理：《江格尔》（蒙古文），内蒙古人民出版社 1982 年版，第 896—898 页。下划线为引者所加。

② 《江格尔》（蒙古文），内蒙古人民出版社 1958 年版，第 211 页。下划线为引者所加。

有<u>四十四</u>个哈纳，

有<u>四千</u>根椽子。①

英雄的随从是：

<u>三十五</u>名勇士，

<u>七十二</u>名大国的可汗。②

骏马是这样赶远路的：

<u>三个月</u>就跑完了

<u>三年</u>的路程；

<u>三天</u>就跑完了

<u>三个月</u>的路程；

<u>三个小时</u>就跑完了

<u>三天</u>的路程。③

而英雄作战的时候则会把敌人：

---

① 《江格尔》（蒙古文），内蒙古人民出版社 1958 年版，第 32 页。下划线为引者所加。

② 同上书，第 208 页。下划线为引者所加。

③ 陶·巴德玛、宝音和西格搜集整理：《江格尔》（蒙古文），内蒙古人民出版社 1982 年版，第 1017 页。下划线为引者所加。

在后背上顿了<u>十五</u>下；

在胸前抖搂了<u>二十五</u>下；

接下来摁了<u>七八</u>下；

反过来又摁了<u>十五</u>下。①

尤其是在形容牛羊之多时：

在草原上吃草的

花色牛群有

<u>五亿六百万</u>。

在盐碱地吃草的

黄头绵羊有

<u>六亿七百万</u>。

在北山上吃草的

玉灰毛的马群有

<u>七亿八百万</u>。

上上下下颠跑的

———————

① 陶·巴德玛、宝音和西格搜集整理：《江格尔》（蒙古文），内蒙古人民出版社 1982 年版，第 442 页。下划线为引者所加。

　　　　白色骆驼群有

　　　　八亿九百万。

　　　　在岩石上攀爬的

　　　　黑灰山羊群有

　　　　九亿一千万。①

引文中各段落依次用递进的数字交叉形容了五种牲畜的数量之
多，将量的美学展示得淋漓尽致。在史诗《阿贵乌兰汗的儿子
阿拉坦嘎拉巴》中，英雄阿拉坦嘎拉巴把孔雀般美丽的栗色马
放到草场的时候是这样形容的：

　　　　放了一天，

　　　　全身的肉长了；

　　　　放了两天，

　　　　大腿根的肉长了；

　　　　放了三天，

　　　　大腿的肉长了；

　　　　放了四天，

　　　　满身的肉长了；

---

　　① 《蒙古族文学资料汇编》（蒙古文），第三册，内蒙古语言文学研究所1965
年版，第89—90页。下划线为引者所加。

放了<u>五天</u>，

腰侧的肉长了；

放了<u>六天</u>，

筋肉长了；

放了<u>七天</u>，

全身肌肉长了；

放了<u>八天</u>，

暗藏的力量长了；

放了<u>九天</u>，

所有的肉都长了；

放了<u>十天</u>，

哪块的肉都长了，

然后捉来吊膘了。①

从一天到十天，依次形容了骏马长膘的变化。

　　上面举过的例子，乍一看好像都是数据统计的单子。但是给人的感觉不是干巴巴的数字，而是美的享受。这是因为这些虽然是数字，但并不是直接的数字；既是有限的，又是无限的；虽然是抽象的但又结合了生动的描述。在蒙古英雄史诗中，这些数字与"时间""空间"相结合，反映了见不到头的长度、

---

　　①　《蒙古族文学资料汇编》（蒙古文），第三册，内蒙古语言文学研究所1965年版，第143—144页。下划线为引者所加。

无限的广度、无边无际的辽阔、无穷的光阴，表达了壮美崇高的美学范畴。

　　蒙古英雄史诗中的颜色描述反映了当时人们的审美特征，成了其中重要的艺术手法。马克思在《政治经济学批判》中指出："关于颜色的感觉是一般审美中最大众化的形式。"① 柔和、温馨的颜色无法表现蒙古英雄史诗的英雄主题和庄严风格，因此史诗强调鲜艳、坚硬、反差大的颜色。这样的颜色可称之为"烈性颜色"。

　　史诗中通过"凶煞颜色"（烈性颜色）创造了威严、恐怖、角逐的环境和氛围。史诗英雄通过宰杀黑牛、白马来起誓；史诗英雄的灵魂化作黑公牛和白公牛互相顶撞；用黑色石头切断格斯尔的肚脐并用白草结扎；童年格斯尔在放牧的时候用三把白色石头、三把黑色石头来施展魔法；格斯尔回到晁通的部落的时候，从南边飘来绵羊大小的白云，从北边飘来公牛大小的黑云，黑云、白云碰撞显示征兆。史诗在很多地方用互相冲突的反差很大的颜色来反映人性中的勇敢、生活以及战争中的危险。

　　格斯尔的图门—吉日嘎朗夫人为了消除圣主的病灾，在其离开家乡远赴蟒古思地盘的途中，前后经过了"白色之国""花斑之地""黄色之地""蓝色之地"和"黑色之地"，这些地方

---

　　① 卡尔·马克思，《政治经济学批判》，敦克尔出版社1859年版。转引自 H. 里德（Herbert Read）：《艺术的真谛》，辽宁人民出版社1987年版，译者前言第 11 页。

色彩鲜明，给人留下了深刻的印象。这其中没有柔和色彩和过渡性色彩。这些色彩可能是某些族群的象征色彩。

蟒古思的女儿向格斯尔求饶时说：

我有一万匹<u>白马</u>，其中有一匹<u>白海螺般洁白</u>的马，我把它献给你，求你放我一条生路！

我有一万匹<u>黑马</u>，其中有一匹<u>墨汁般黝黑</u>的骏马，我把它献给你，求你放我一条生路！

我有一万匹<u>青马</u>，其中有一匹<u>蓝宝石般靛青</u>的骏马，我把它献给你，求你放我一条生路！

我还有一万匹<u>枣红马</u>，其中有一匹<u>红珊瑚般</u>的骏马，我把它献给你，你就饶了我的这条命吧！①

蟒古思的女儿分颜色列举了自己的马群。除了自然风景，从人名、山水名到马匹的毛色，史诗非常强调强烈而彪悍的颜色。譬如说人名，有"红色英雄洪古尔""白色摔跤手""龌龊的黑色蟒古思"等。譬如说山水名，有"连绵不断的蓝色大山""雄厚的白色沙漠""冰冷的黑色海洋"等等。譬如说马匹的毛色，有"阿克萨克—乌兰"（烈性红马）、"额尔魁克—哈刺"（不下驹的黑色母马）、"奥楚乐—库克"（星点青马）等等，数

---

① 《十方圣主格斯尔可汗传》（蒙古文），内蒙古人民出版社 1955 年版，第 170 页。下划线为引者所加。

不胜数。

风格是表现感性掌握现实生活的一种自成体系的手法，是文学艺术形式的感性总结。蒙古英雄史诗凭着它的力之美、量之美、色之美，构建了自己独有的壮美风格，为后人留下了历史灰尘无法掩盖的光辉灿烂的文化遗产。

这些一定和远古时期蒙古民族的古朴生活、直率性格和简朴的审美情趣有着千丝万缕的联系。

原著后记

　　学术论文的撰写，虽苦也有甜。诗词歌赋的创作，虽甘也有苦。谁都知作诗和写论文的不同，但却少有人注意到两者的相似之处。作诗和写论文，同样需要文采的飞扬——心无兴致、趣味、迷恋时哪个都写不好；它们都需要灵感的激发——诗歌的灵感来自生活的积累和个人天赋，而论文的灵感来自材料的积累和对对象的熟练掌握。诗歌尊崇抒情的逻辑，论文注重理性的启发。论文是抒情的蒸馏和抽象化，诗词是理性的形象化和抒情化。批评家若有了艺术实践的直接经验，他的思绪的触觉自然也会更加灵敏。诗人如能点燃理论之烛，他的抒情的视野自然也会深刻、明亮。近年来，我国一些作家和学者强调作家的知识储备和学者的文学创作经验的重要性，原因正在于此。

　　当然，两者的结合需要常年的艰苦探索和辛勤劳作。

　　我很赞同"艺术的批评（学术研究）需要批评的艺术"这一说法。文学是语言的艺术。研究语言的艺术自然需要丰富、灵敏、生动的语言——纳鞋底的锥针怎能用来做刺绣呢？应在理论思维和艺术表达二者的结合中、抽象思维和形象思维二者的统一中探索艺术研究前进的道路。我写论文的时候会延续我在写诗时的俭省用词的习惯，作诗的时候（尤其在后期）则会迸发哲学思维的火花。

学术工作是一项试验、探索、开发性的工作。这里可有得有失，但与其维系一种处处兼顾的、平庸的"完善性"，我更看重深入某一方面的独特的"片面性"。正因如此，我希望可以话多则多说，话少则短说，无话则尽量避免重复他人之言吧。

此话说来简单，实践起来难矣。

1996 年 8 月 5 日

术语对照表

蒙古文	汉文	蒙古文	汉文
（蒙古文）	庶	（蒙古文）	男人的三项竞技
（蒙古文）	《阿拉坦嘎拉巴汗》	（蒙古文）	阎罗王
（蒙古文）	野鬼	（蒙古文）	深层隐秘的意象
（蒙古文）	欲界六天	（蒙古文）	大梵天（梵语为 brahma）
（蒙古文）	欲界	（蒙古文）	韵律
（蒙古文）	《嘎拉巴》	（蒙古文）	毁坏的山梁
（蒙古文）	《阿贵乌兰汗的儿子阿拉坦	（蒙古文）	太平山梁
（蒙古文）	山水神灵	（蒙古文）	仙人喇嘛
（蒙古文）	竟天，梵语为 akanistha	（蒙古文）	阿兰扎尔、枣红马阿兰扎尔
（蒙古文）	『阿迦尼吒』天界（从色究	（蒙古文）	十方十恶之根
（蒙古文）	现实主义	（蒙古文）	十善福
（蒙古文）	《阿拜－格斯尔·胡博衮》	（蒙古文）	十善业力（梵语为 dasabala）
（蒙古文）	阿纳巴德海	（蒙古文）	十恶孽
（蒙古文）	节奏	（蒙古文）	净天界
（蒙古文）	格律	（蒙古文）	人民性
（蒙古文）	类型化	（蒙古文）	兽性
（蒙古文）	部落联盟	（蒙古文）	摸顶、灌顶
（蒙古文）	部	（蒙古文）	《阿斯尔查干海青》
		（蒙古文）	非天

ᠫ 部

自然性

法衣

鼻涕孩儿

幼稚性

典型特征／共性

复合形象

复合性

社会性

泛灵论

《有八只天鹅的那木吉拉查干汗》

ᠳ 部

散文体

祈祷

隐喻意象

东胜神洲（梵语为 purvavideha)

《沃很查干温钦巴图尔》

「粗线」手法

抢婚

《宝迪嘎拉巴汗》

相约的小山丘

《布玛额尔德尼》

饿鬼（六道之一）

枣骝神骏

由甸

喻体／本体

本子故事

西方的五十五天

远古想象

原始宗教

模糊性

原始崇拜、原始信仰

黑色魔食

英雄史诗

英雄时代

英雄（将军）披甲戴盔

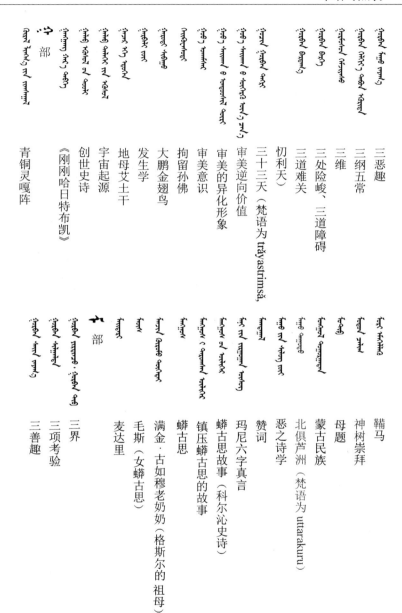

三恶趣

三纲五常

三维

三处险峻、三道障碍

三道难关

忉利天（梵语为 trāyastrimsā,

审美的异化形象

审美逆向价值

审美意识

拘留孙佛

大鹏金翅鸟

发生学

地母艾土干

宇宙起源

创世史诗

《刚刚哈日特布凯》

青铜灵嘎阵

部

鞴马

神树崇拜

母题

蒙古民族

北俱芦洲（梵语为 uttarakuru）

恶之诗学

赞词

玛尼六字真言

蟒古思故事（科尔沁史诗）

镇压蟒古思的故事

蟒古思

满金·古如穆老奶奶（格斯尔的祖母）

毛斯（女蟒古思）

麦达里

三界

三项考验

三善趣

部

部

感性—伦理作用
心理化自然
尾韵交替
三摩地（梵语为 samadhi）
守护神
神性
宇宙结构
意象
『萨依噶符』『符字』『丹书』
龙神八部／天龙八部
龙王界
龙门阵
龙界

部

上神树
壮美意象
苏鲁锭
须弥山（梵语 为 sumeru）
『四魂阵』（收魂阵）
乳汁海
颂酒官
灵魂永存
灵魂
托生到净空忉利天（藏语音译），即 天堂（享乐园、极乐世界）
苏喀瓦地的天界（梵语音译）德巴占
送梭（烧毁象征佛法敌人的『梭』的仪式）
长生天
马赞
马经
撒群（献给神）
吊驯马匹
文化心理学
经典史诗
经典模式
善见城

蒙古文	汉文
dharaṇi'	随着佛教的传播被蒙古人广泛使用
	经咒（陀罗尼，来源于梵语的
	长疥疮的棕马驹
	五大护法神
	闲散故事
ᠥ 部	
	《希热图莫日根》
	滑稽意象
	偶像
	韵散结合
	散文体
	诗性地理
	诗学
	献『舒斯』（整羊）
	咒语
	宗教雏形
	史传
	羊拐子（踝骨）
	『疯子』沙格德尔
	隐形押韵
	模仿史诗
	叙事民歌
	（梵语为　）
	《达尼库日勒》
部	
	算卦喇嘛
	占卜征兆
	万眼天
	弥漫性
	象征符号
	《英雄道喜巴拉图》
	图腾崇拜
	托布秀尔（乐器）
	坐禅的喇嘛（禅师喇嘛）
	符号化
	符号美学
	天（梵语为 deva）
	完整史诗
	秃头儿

无色界四天　　　　　吉雅齐白翁

形态　　　　　　　　程式化

四音步、四言律　　　模式化

四行诗　　　　　　　袈裟

形象体系　　　　　　部

色界　　　　　　　　朝尔奇

形象性　　　　　　　节奏

四段式的描述段落　　血宴

内部押韵　　　　　　山石崇拜

七堂伽蓝　　　　　　石墙阵、石头阵

七宝（亦称「七珍」）　《策尔根·查干汗》

创世神话序诗　　　　百灵鸟

神话思维　　　　　　策根-则布德格腾格里

巫术原理　　　　　　拜物教

下界七个地方　　　　跳查玛（羌姆）

道士下山　　　　　　白伞母

祖先祭祀　　　　　　部

上界七个地方　　　　度母

上界十二个地方　　　色界十七天或十八天

罗睺　部

约都尔高地

九叉戟

因陀罗白翁（蒙古语的 *yinderi* 可能来自梵语的 *yindra*）

魔幻主义

高贵性

夜叉

罗刹女

部　瞻部州、南赡部洲（梵语为 *jambudvipa*）

《忠毕力格图巴图尔》

象征意象　部　拘那含佛

精神意志

六道　部　瓦其日巴尼

场景描述　部　戒律

摆阵

正式史诗

东方的四十四天　罗刹汗、罗刹之汗

术语分类

一、美学理论概念

远古想象

自然性

社会性

艺术生产

艺术创作

想象的类概念

想象

概念象征意象

神圣性

异化形态

原始意象

意象

整一性

原始思维

深层隐秘意象

兽性

类型化

高贵性

象征意象

精神意志

壮美意象

文化心理学

心理化自然

神性

意象

符号美学

审美逆向价值

审美的异化形象

审美意识

拟人化的自然

人性

风格

二元对立结构

共同体形象

「粗线」手法

喻体／本体

二、文学理论概念

蒙古文	汉译		蒙古文	汉译
	抽象化			四行诗
	二言、三言、四言			形象体系
	散文体			内部押韵
	隐喻意象			隐形押韵
	叙事单位			象征符号
	抒情			符号化
	抒情意象			滑稽意象
	诗性趣味			尾韵交替
	抒情文学			韵散结合
	原型			散文体
	显性押韵			诗性地理
	韵律			诗学
	人民性			感性—伦理作用
	现实主义			恶之诗学
	节奏			三维
	格律			发生学
				叙事
				双行押头韵

三、宗教名词术语

A. 宗教

（二）宗教的……

祈祷

原始崇拜、原始信仰

原始宗教

泛灵论

咒语

偶像

灵魂

上神树

献"舒斯"（整羊）

颂酒官

神树崇拜

长生天

地母艾土干

白脸占卜女人

西方的五十五天

翁衮崇拜

女萨满

山水神灵

B. 萨满教

（一）……

拜物教

巫术原理

图腾崇拜

宗教雏形

灵魂永存

魔幻主义

场景描述

节奏

形象性

四段式的描述段落

形态

四音步、四言律

ᠠᠷᠪᠠᠨ ᠬᠠᠷ᠎ᠠ ᠨᠢᠭᠤᠯ

十恶孽

ᠲᠢᠪᠠᠷᠢ ᠲᠡᠭᠷᠢ

净天界

ᠮᠢᠯᠠᠬᠤ

摸顶、灌顶

ᠠᠰᠤᠷᠢ

非天

ᠪᠢᠷᠢᠳ

野鬼

ᠠᠭᠨᠢᠰᠲᠠ ᠲᠡᠭᠷᠢ

竟天，梵语为 akanistha

ᠬᠦᠰᠡᠯ

欲界

ᠵᠢᠷᠭᠤᠭᠠᠨ ᠲᠡᠭᠷᠢ

欲界六天

ᠠᠭᠠᠨᠢᠰᠲᠠ ᠲᠡᠭᠷᠢ

【阿迦尼吒】天界（从色究

ᠠᠨᠠᠪᠠᠳ ᠳᠠᠯᠠᠢ

阿纳巴德海

C. 佛教与印藏文化

ᠵᠡᠭᠦᠨ ᠵᠦᠭ ᠦᠨ ᠳᠥᠴᠢᠨ ᠳᠥᠷᠪᠡᠨ ᠲᠡᠭᠷᠢ

东方的四十四天

ᠵᠢᠶᠠ ᠴᠠᠭᠠᠨ ᠡᠪᠦᠭᠡᠨ

吉雅齐白翁

ᠠᠭᠤᠯᠠ ᠴᠢᠯᠠᠭᠤᠨ ᠳᠤ ᠮᠥᠷᠭᠦᠬᠦ

山石崇拜

ᠴᠡᠭᠡᠨ ᠵᠡᠪ ᠳᠡᠭᠳᠡᠭ ᠲᠡᠭᠷᠢ

策根·则布德格腾格里

ᠥᠪᠭᠡ ᠳᠡᠭᠡᠳᠦᠰ ᠲᠦ ᠲᠠᠬᠢᠬᠤ

祖先祭祀

ᠵᠥᠩᠨᠡᠯ ᠲᠡᠮᠳᠡᠭ

占卜征兆

ᠢᠷᠦᠭᠡᠯ ᠦᠨ ᠬᠠᠷ᠎ᠠ ᠯᠠᠮ᠎ᠠ

诅咒师黑喇嘛

ᠣᠴᠢᠷ

金刚杵

ᠪᠢᠷᠢᠳ

饿鬼（六道之一）

ᠳᠤᠸ᠎ᠠ

由甸

ᠣᠷᠬᠢᠮᠵᠢ

法衣

ᠳᠣᠷᠣᠨ᠎ᠠ ᠮᠠᠬᠠᠪᠣᠳ ᠤᠨ ᠲᠢᠪ

东胜神州（梵语为 purvavideha）

ᠦᠬᠡᠷ ᠳᠡᠯᠡᠬᠡᠢ ᠶᠢᠨ ᠲᠢᠪ

西牛贺洲

ᠬᠤᠷᠮᠤᠰᠲᠠ

创造神

ᠰᠠᠩ ᠲᠠᠯᠪᠢᠬᠤ

点燃煨桑

ᠲᠡᠭᠷᠢ ᠬᠥᠮᠦᠨ ᠦ ᠪᠠᠭᠰᠢ

天人师

ᠲᠠᠲᠠᠨ ᠲᠡᠭᠷᠢ

塔腾格里

ᠬᠤᠷᠮᠤᠰᠲᠠ ᠲᠡᠭᠷᠢ

因陀罗神（蒙古语称霍尔穆斯

ᠵᠠᠨᠴᠢ

偏衫

ᠡᠷᠯᠢᠭ ᠬᠠᠭᠠᠨ

阎罗王

ᠶᠡᠬᠡ ᠲᠡᠭᠷᠢ

大梵天（梵语为 brahma）

ᠠᠷᠱᠢ ᠯᠠᠮ᠎ᠠ

仙人喇嘛

ᠠᠷᠪᠠᠨ ᠵᠦᠭ ᠦᠨ ᠠᠷᠪᠠᠨ ᠬᠠᠷ᠎ᠠ ᠶᠢᠨ ᠦᠨᠳᠦᠰᠦ

十方十恶之根

ᠠᠷᠪᠠᠨ ᠪᠤᠶᠠᠨ

十善福

ᠠᠷᠪᠠᠨ ᠪᠤᠶᠠᠨ ᠤ ᠬᠦᠴᠦ

十善业力（梵语为 dasabala）

送梭（烧毁象征佛法敌人的梭的仪式）

善见城

三摩地（梵语为 samadhi）

守护神

『萨依噶符』『符字』『丹书』

龙神八部／天龙八部

龙王界

北俱芦洲（梵语为 uttarakuru）

玛尼六字真言

麦达里

三界

三善趣

三恶趣

三十三天（trǎyastrimsǎ，忉利天）

拘留孙佛

大鹏金翅鸟

霍尔穆斯塔腾格里

观世音菩萨

风马

七堂伽蓝

七宝（亦称『七珍』）

下界七个地方

下界七个地方

上界十二个地方

占卜喇嘛

万眼天

天（梵语为 deva）

坐禅的喇嘛（禅师喇嘛）

须弥山（梵语为 sumeru）

史传

五大护法神

经咒（陀罗尼，来源于梵语的 dharani，
随着佛教的传播被蒙古人广泛使用）

乳汁海

托生到净空忉利天

享乐园、极乐世界

德巴占（藏语音译），即天堂、
苏喀瓦地的天界（梵语音译）、

jambudvipa）

瞻部州、南赡部洲（梵语为

拘那含佛

瓦其日巴尼

戒律

罗刹汗、罗刹之汗

罗睺

可能来自梵语的 yindra

因陀罗白翁（蒙古语的 yinderi

夜叉

罗刹女

六道

袈裟

跳查玛（羌姆）

白伞母

度母

色界十七天或十八天

无色界四天

色界

托布秀尔（乐器）　ᠲᠣᠪᠰᠢᠭᠤᠷ

完整史诗

创世史诗

理想的敖包

变异史诗

盗婚

超自然属性

超自然力量

程式化段落

程式化开篇段落

范式性

抢婚

模糊性

英雄史诗

英雄时代

幼稚性

典型特征／共性

复合形象

复合性

（二）蒙古史诗名称

《有八只天鹅的那木吉拉查　干汗》

《沃很查干温钦巴图尔》

《好汉中的好汉阿日亚胡》

《阿斯尔查干海青》

《阿拉坦嘎拉巴汗》

《阿贵乌兰汗的儿子阿拉坦嘎鲁》

《阿拜－格斯尔－胡博衮》

B. 蒙古史诗名称

经典模式

经典史诗

程式化

模式化

正式史诗

血宴

模仿史诗

弥漫性

毁坏的山梁

太平山梁

阿兰扎尔、枣红马阿兰扎尔

（三）史诗英雄、形象、

C.　专有名称

《忠毕力格图巴图尔》

《策尔根·查干汗》

《达尼库日勒》

《英雄道喜巴拉图》

《希热图莫日根》

《刚刚哈日特布凯》

《汗青格勒》

《汗哈冉惠》

《宝迪嘎拉巴汗》

《布玛额尔德尼》

《那仁达赉汗和他的两个儿子》

鞴马

蟒古思故事（科尔沁史诗）

镇压蟒古思的故事

蟒古思

满金·古如穆老奶奶（格斯尔的祖母）

毛斯（女蟒古思）

三项考验

三处险峻、三道障碍

三道难关

青石枕

箭手

远方母亲

黄脸搅水女人

毒海

相约的小山丘

枣骝神骏

黑色魔食

鼻涕孩儿

三纲五常

青铜灵嘎阵

寒冰阵

胡尔奇（说书艺人）

本子故事

英雄全副武装

牛幻阵

山水阵

（乙）

A. 本子故事

六、蒙古民间文学的其他文类

约都尔高地

九叉戟

秃头儿

长疥疮的棕马驹

撒群（献给神）

吊驯马匹

部落联盟

七、其他名词术语

马赞

马经

赞词

祝词

B.口头诗歌

摆阵

朝尔奇

石墙阵、石头阵

道士下山

叙事民歌

闲散故事

『四魂阵』（收魂阵）

龙门阵

百灵鸟

『疯子』沙格德尔

羊拐子（踝骨）

蒙古民族

火镰、打火石

雄鹰

古老遗嘱

火红的垫脚石

食品的『德吉』

男人的三项竞技

庹

史诗研究的诗性表达及其迻译的难度

——以巴·布林贝赫《蒙古英雄史诗诗学》为例

陈岗龙

巴·布林贝赫（1928—2009）是蒙古族著名诗人和学者。早在二十世纪五六十年代，巴·布林贝赫先生就写出《心与乳》《生命的礼赞》等脍炙人口的诗歌作品，不仅在蒙古族家喻户晓，而且被译成汉语发表后同样蜚声中国文坛。巴·布林贝赫先生不仅在诗歌创作上取得了举世瞩目的成就，成为蒙古族当代文学的一座高峰，而且潜心钻研，辛勤耕耘，写出了《蒙古诗歌美学论纲》《蒙古英雄史诗诗学》《直觉的诗学》等理论著作，这些著作已经成为蒙古族诗歌理论史上的学术经典。在蒙古族当代文学史上，巴·布林贝赫是与纳·赛音朝克图并肩齐坐的现代蒙古族诗歌重要奠基者和代表人物；在蒙古族文学史研究历程中，巴·布林贝赫是蒙古族诗歌美学或者诗学理论的开创者和探索者，他的上述几部著作基本奠定了蒙古族诗歌美学和诗歌理论的研究框架。事实上，巴·布林贝赫的文学创作和理论研究已经超越了蒙古族文学自身，对中国少数民族文学的创作和发展也产生了重要影响。尤其是巴·布林贝赫的《蒙古英雄史诗诗学》一书，因为其研究的内容、探讨的问题和美学理论的建树，成为蒙古英雄史诗乃至蒙古民间文学和中国史诗学的理论经典。多年前，我在《中国文学研究年鉴》上评介《蒙古英雄史诗诗学》的时候说过，该著作是可与梅列金斯基的《神话诗学》相媲美的诗学理论经典。但是，因为巴·布林贝赫先生著作的深邃学术内涵和难以模仿的语言风格等问题，这本重要的理论经典至今未能译成汉文出版。巴·布林贝赫先生在《蒙古英雄史诗诗学》的后记中写道：

　　学术论文的撰写，虽苦也有甜。诗词歌赋的创作，虽甘也有苦。谁都知道作诗和写论文的不同，但却少有人注意到两者的相似之处。作诗和写论文，同样需要文采的飞扬——心无兴致、趣味、迷恋时哪个都写不好；它们都需要灵感的激发——诗歌的灵感来自生活的积累和个人天赋，而论文的灵感则来自材料的积累和对对象的熟练掌握。诗歌尊崇抒情的逻辑，论文注重理性的启发。论文是抒情的蒸馏和抽象化，诗词是理性的形象化和抒情化。批评家若有了艺术实践的直接经验，他的思绪的触觉自然也会更加灵敏。诗人如能点燃理论之烛，他的抒情的视野自然也会深刻、明亮。我很赞同"艺术的批评（学术研究）需要批评的艺术"这一说法。文学是语言的艺术。研究语言的艺术自然需要丰富、灵敏、生动的语言——纳鞋底的锥针怎能用来做刺绣呢？应在理论思维和艺术表达二者的结合中、抽象思维和形象思维二者的统一中探索艺术研究前进的道路。我写论文的时候会延续我在写诗时的俭省用词的习惯，作诗的时候（尤其在后期）则会迸发哲学思维的火花。①

正是由于巴·布林贝赫先生在自己的学术研究中践行了他的这种学术理念和艺术追求，所以他写出来的学术论著，读起来就像读诗歌和散文，文采飞扬，语言清新，但却给翻译者带来了不小的考验。今年是巴·布林贝赫先生诞辰 90 周年，我们经过一年多的努力翻译完成了《蒙古英雄史诗诗学》，在研究和翻译过程中对著作的内容、理论贡献和语言特征等有了更多的感性认识和学理性思考。

经过几代学者的努力，我国的蒙古英雄史诗研究已经在具体史诗的研究和理论建设方面取得了可喜的成绩。我认为，在我国蒙古英雄史诗研究的第一阶段，我们必须记住两位学者的理论贡献，一位是仁钦道尔吉先生，另一位是巴·布林贝赫先

---

① 巴·布林贝赫著：《蒙古英雄史诗诗学》（蒙古文），内蒙古教育出版社 1997 年版，第 299—300 页。引文为玉兰所译。

生。仁钦道尔吉先生从 20 世纪 60 年代开始就搜集、记录巴尔虎史诗，从 70 年代开始调查研究《江格尔》史诗，自 80 年代以来研究蒙古史诗的结构类型，出版了《江格尔论》《蒙古英雄史诗源流》等重要著作，他对蒙古史诗研究的学术贡献，已经获得了学术界的认可。我也写了一篇《仁钦道尔吉的蒙古史诗结构研究之思想渊源》，发表在《民族文学研究》上。[①] 仁钦道尔吉先生继承维谢洛夫斯基以来的普罗普、日尔蒙斯基的历史诗学和形态学理论，丰富和发展了瓦尔特·海西希的蒙古史诗情节结构体系，形成了自己的蒙古史诗结构研究理论，不仅对蒙古史诗研究而且对中国史诗学的建设产生了广泛影响。相比之下，非蒙古族读者和其他民族的学者对巴·布林贝赫先生的史诗理论则了解得并不是很充分。实际上，巴·布林贝赫先生从很早以前就开始关注和研究蒙古英雄史诗了，他和宝音和西格教授共同编写的《蒙古族英雄史诗选》就是把海西希的蒙古史诗情节体系运用到蒙古史诗的文本中，提炼和编制了 51 部蒙古史诗的情节类型[②]，这说明巴·布林贝赫先生和宝音和西格先生是相当熟悉海西希的蒙古史诗情节结构类型体系并在实践中做出了具体的成绩——编纂了《蒙古英雄史诗情节类

---

① 陈岗龙：《仁钦道尔吉的蒙古史诗结构研究之思想渊源》，《民族文学研究》2016 年第 6 期。

② 巴·布林贝赫、宝音和西格编：《蒙古族英雄史诗选》（蒙古文），内蒙古人民出版社 1988 年版。上册是史诗文本选，下册完全是 51 部史诗的情节类型。可以与海西希的《蒙古英雄史诗叙事资料》和仁钦道尔吉的《蒙古英雄史诗源流》比较，体会几位蒙古史诗专家对蒙古英雄史诗情节结构把握方面的异曲同工。

型》一书。① 而巴·布林贝赫先生在研究蒙古史诗的具体实践和
经验中除了叙事结构的问题之外，还发现了蒙古史诗的美学体
系问题。在这一点上，我们是不能简单地把《蒙古英雄史诗诗
学》看作巴·布林贝赫先生继《蒙古诗歌美学论纲》② 之后，
把蒙古诗歌美学理论运用到史诗体裁的一种个案研究，而是
巴·布林贝赫先生通过蒙古英雄史诗文本分析的具体实践和经
验，发现了蒙古英雄史诗研究中美学理论的缺位，因此才从审
美的角度用美学理论对蒙古英雄史诗的内容和形态进行了系统
的研究。巴·布林贝赫先生为何选择蒙古英雄史诗作为蒙古族
美学问题研究的经典范本呢？实际上，巴·布林贝赫先生的著
作中引用最多和对话最多的就是黑格尔的《美学》，从中我们也
可以看出巴·布林贝赫先生的学术考量。在《美学》中，黑格
尔是把史诗当作讨论美学问题的重要对象来论述的，史诗在美
学问题的讨论中占据了重要地位。而巴·布林贝赫先生在《蒙
古诗歌美学论纲》中就首先讨论了蒙古英雄史诗的黑、白英雄
形象体系和壮美风格问题，可以将其看作《蒙古英雄史诗诗学》
的雏形，也可以认为巴·布林贝赫先生对蒙古诗歌美学问题的
讨论是从"英雄主义诗歌——史诗"开始的，而不是相反。
巴·布林贝赫先生最终选择蒙古英雄史诗来讨论蒙古族诗歌美

---

①　笔者就此问题详细咨询了当时参加《蒙古族英雄史诗选》并编制情节类型工
作的莎日娜研究员。

②　巴·布林贝赫著：《蒙古诗歌美学论纲》（蒙古文），内蒙古人民出版社 1988
年版。

学问题，实际上也是把史诗看作研究蒙古族美学问题的经典对象。如果说，黑格尔是通过梳理世界各国各民族史诗来讨论美学问题的，那么巴·布林贝赫则是通过对蒙古英雄史诗的深入挖掘和深度把握来和黑格尔进行了美学问题对话的。因此，《蒙古英雄史诗诗学》是巴·布林贝赫先生在阅读、研究蒙古英雄史诗文本的丰富经验和研究、吸收黑格尔、维科等哲学家对史诗论述的理论成果的基础上，从蒙古英雄史诗本身的文本内涵、形式特征和蒙古文化传统出发，对史诗文类的美学问题进行的多维度的学理性思考。

我多年前曾经写过一篇论文——《意象与蒙古史诗研究——在巴·布林贝赫教授〈蒙古英雄史诗诗学〉的理论基础上》，发表在蒙古文文学评论刊物《金钥匙》上。① 我在这篇文章中提出，《蒙古英雄史诗诗学》最大的理论贡献就是不仅构建了蒙古英雄史诗的美学体系，而且提出了结合叙事学理论和美学理论研究蒙古英雄史诗内容和结构的新理念，具体表现就是巴·布林贝赫先生提出的结合意象和母题研究蒙古英雄史诗的学术观点。首先，巴·布林贝赫强调了"意象"在蒙古英雄史诗中的重要审美作用："意象强化了英雄史诗悲壮的风格，增强

---

① 陈岗龙：《意象与蒙古史诗研究——在巴·布林贝赫教授〈蒙古英雄史诗诗学〉理论基础上》，《金钥匙》2003 年第 4 期。该论文后来收入笔者的蒙古文论文集《文学传统与文化交流：蒙古文学研究拾瑾》（上册），内蒙古大学出版社 2017 年版。

了英雄史诗壮美的旋律，加重了英雄史诗原始野性的色彩。"①
其次，巴·布林贝赫对蒙古英雄史诗的意象做了分门别类的分
析和论述。最后，巴·布林贝赫说："如果把母题看作叙事文学
的最小叙事单位，那么应该把意象看作抒情文学的最小单
位——抒情意象。因为蒙古人民的英雄史诗中既有叙事又有抒
情，所以把母题和意象结合起来探讨是了解蒙古英雄史诗艺术
整体性的不可或缺的途径。"② 巴·布林贝赫先生的"意象"
概念不仅仅是美学概念，在蒙古英雄史诗的结构研究中完全
具有与母题和类型结合起来拓展蒙古英雄史诗结构形态和文
化内涵研究的广阔前景。因此我认为，在蒙古英雄史诗的理
论研究中，仁钦道尔吉的结构研究理论和巴·布林贝赫的美
学研究理论就像一对车轮，把蒙古史诗理论研究推上了新的
台阶。就像车的每个轮子都不可或缺一样，忽略了仁钦道尔
吉的蒙古史诗结构研究理论和巴·布林贝赫的蒙古史诗美学
研究理论两者中的任何一个都将是不完美的、偏颇的。后
来，朝戈金等学者的蒙古史诗研究理论继承和发展了巴·布
林贝赫先生的蒙古史诗美学研究理论，并与口头程式理论结
合，不仅探索了蒙古史诗的传承机制，还探索了蒙古史诗的
审美特征。

---

① 巴·布林贝赫著：《蒙古英雄史诗诗学》（蒙古文），内蒙古教育出版社 1997
年版，第 252 页。

② 巴·布林贝赫著：《蒙古英雄史诗诗学》（蒙古文），内蒙古教育出版社 1997
年版，第 246 页。

　　但是，我们必须看到现实：虽然巴·布林贝赫先生的《蒙古英雄史诗诗学》出版已经有二十年了，但是因为还没有被译成汉文或其他语言，所以其影响力基本上局限在蒙古语读者和蒙古族学者圈中。国内研究史诗的学者虽然知道《蒙古英雄史诗诗学》这本学术价值很高的理论经典，但却未能全文阅读原著内容，更谈不上在各自的研究中具体参考和引用这部著作了。实际上，在我们的学术史上有很多这样的例子。譬如，日本民俗学之父柳田国男的理论思想对中国民俗学的发展产生了重大而深远的影响，但是柳田国男的著作被翻译成中文出版（还不是全部）也只是近几年的事情。清代蒙古族翻译家和文学评论家哈斯宝把一百二十回《红楼梦》节译成四十回并撰写批语的《新译红楼梦》对中国红学界产生了广泛影响，哈斯宝在旧红学评点学派中的地位也很高。但是红学界对哈斯宝的了解基本上来自于历史学家亦邻真先生翻译的《新译红楼梦回批》[①] 这本小册子，而《新译红楼梦》四十回正文至今没有见到汉译本出版[②]，这不能不说是限制了国内红学界对哈斯宝的深入、全面的了解和研究。就像无论用怎样美妙的语言描述也不能代替一睹达芬奇的《蒙娜丽莎》油画一样，我们必须亲眼看见才能真正感知蒙娜丽莎的微笑。因此，全文翻译出版《蒙古英雄史诗诗学》就显得更加刻不容缓了。

---

① 哈斯宝著：《新译红楼梦回批》，亦邻真译，内蒙古人民出版社1979年版。
② 笔者已经全文翻译了哈斯宝的《新译红楼梦》，即将出版。

但是，巴·布林贝赫先生的《蒙古英雄史诗诗学》出版已经二十年了，为什么迟迟没有翻译成汉文出版并分享给学术界呢？这是有原因的。主要是因为《蒙古英雄史诗诗学》一书翻译难度比较大。这不是借口，而是现实。首先，巴·布林贝赫先生是诗人中的学者，是学者中的诗人。他写的《蒙古英雄史诗诗学》和《蒙古诗歌美学论纲》一样，语言朴素而优美，清新而充满诗意，具有一种巴·布林贝赫先生的散文诗《银色世界的主人》的语言风格和魅力，与一般的学术著作和文本不同，读起来有一种诗歌和散文的感觉，这也是今天很多译者不敢翻译《蒙古英雄史诗诗学》的主要原因。怎样保持《蒙古英雄史诗诗学》的语言优美、朴素而充满诗意的风格，是翻译巴·布林贝赫先生学术著作的一个难点。《蒙古英雄史诗诗学》一书虽然篇幅不长，巴·布林贝赫先生却足足写了十来年，可以说书中的一字一句都是像诗歌中的字句一样高度凝练并用简单朴素而充满诗意的语言表达陈述出来的。因此，把巴·布林贝赫式的言简意赅又诗意形象的语言翻译成汉语，是翻译《蒙古英雄史诗诗学》的一个很大的挑战。

其次，《蒙古英雄史诗诗学》一书涉及美学、文学、宗教（萨满教、藏传佛教）、文化（蒙古族传统文化、各部落文化、文化交流、印度文化、藏族文化、汉族农耕文化）以及人类学、社会学等相关学科知识和理论，引用和使用的概念复杂，仅全书建构起来的术语体系就给翻译工作带来了很大困难。对于蒙古文论著来讲，美学、人类学、民俗学等学科的概念、术语等大多是"舶来品",怎样把这些外来概念术语准确地翻译成对应的蒙古语词汇并融入蒙古语学术传统中是一项具有很大挑战性的工作。巴·布林贝赫先生说:"不同民族分别使用同一个理论概念的时候也有各自的具体情况。"① 而巴·布林贝赫先生在《蒙古英雄史诗诗学》中使用的每一个概念、每一个术语都是经过其精心挑选和翻译且高度本土化的,几乎看不出翻译的痕迹。虽然从原著的角度看,全书的术语体系是高度民族化的,但是对译者来讲,把巴·布林贝赫先生使用的概念术语准确地翻译成对应的汉语概念术语,是一个不小的挑战。为此,我带着博士生重读了相关的马克思主义经典作家作品和黑格尔的《美学》、维科的《新科学》,通过对相关内容逐字逐句地对照,确认了相关概念术语之间对应无误。对《蒙古英雄史诗诗学》中使用的术语我们制作了"术语对照表",这不仅能帮助读者了解全书的术语体系,也能从中看出巴·布林贝赫先生为蒙古语概念术语的翻译规范化所做出的努力和贡献。

再次,《蒙古英雄史诗诗学》引用的很多史诗文本本身的翻译也是考验翻译者的一项重要指标。譬如,第八章引用的《江格尔》史诗对景色的描述:

---

① 巴·布林贝赫著:《蒙古英雄史诗诗学》(蒙古文),内蒙古教育出版社1997年版,第245页。

辽阔冰冷的黑色海里两条激流迎面相撞，激流中牛群一样巨大的石头沉浮滚动、碰撞拍击，迸出熊熊红火，群山一样高的巨大白色海浪澎湃激荡，岸边七千庹长的烧红的刀刃形成了长长的海岸。①

巴·布林贝赫先生评析说道："这是何等叫人恐惧的景色！这是由形容词、名词和动词组成的复合意象。冰冷的黑色海和高山一样巨大的白色海浪、迎面相撞的两条激流和激流中沉浮相撞的巨大的青牛石迸出的火花、澎湃激荡的巨浪和被海浪拍打的七千庹长烧红的刀刃一样漫长的海岸，这一切黑白分明，水火相交，海浪拍打海岸，创造了叫人心生畏惧的庄严的环境和气氛。"② 而过去的译本中则将之翻译成"前面是一个蔚蓝的海洋，奔腾呼啸，翻滚着波浪。波涛汹涌好像高耸的山峰，巨石相撞，迸射着火焰般的光芒。陡峭的海岸像刀刃，高达七千支枪杆。"③ 实际上，今天蒙古英雄史诗文本翻译中存在的最大的问题就是如何准确而流畅地表达蒙古英雄史诗壮美意象的口语化的翻译。

---

① 原文见《江格尔》（蒙古文），内蒙古人民出版社 1958 年版，第 255 页。

② 巴·布林贝赫著：《蒙古英雄史诗诗学》（蒙古文），内蒙古教育出版社 1997 年版，第 247 页。

③ 色道尔吉译：《江格尔》，人民文学出版社 1983 年版，第 301—302 页。

　　《蒙古英雄史诗诗学》（蒙文版）出版以来，虽然不断有人指出翻译出版的必要性和重要性，但迟迟未能翻译出版，虽然有各种原因和客观理由，但是上面讲的三点，应该是最重要的方面。

2018 年 9 月 16—17 日

阿文山论坛

后　记

　　巴·布林贝赫先生是著名的诗人和学者。早在二十世纪五六十年代，巴·布林贝赫先生就以《心与乳》《你好！春天》《生命的礼赞》等脍炙人口的诗歌蜚声中国文坛。我是读着巴·布林贝赫先生的诗长大的。我从小就有一个当诗人的梦想，对于像我这样有诗人梦想的蒙古族文学青年来说，巴·布林贝赫先生是可望而不可即的一座高峰。而知道巴·布林贝赫先生除了写诗，还写诗歌评论，则是在高中期间读了他的《心声寻觅者的札记》① 一书之后。这本书我不知道翻了多少遍，书脊都翻裂了，重新装订之后一直被我珍藏在书柜里。和所有蒙古族文学青年一样，像巴·布林贝赫先生一样写出像《心与乳》《金马驹》② 那样美丽的诗歌，有一天能见到巴·布林贝赫先生本人，

---

　　① 巴·布林贝赫著：《心声寻觅者的札记》（蒙古文），内蒙古人民出版社 1984 年。

　　② 巴·布林贝赫著：《金马驹》（蒙古文诗集），民族出版社 1983 年版。

是我一直以来的梦想。1998年我终于见到了巴·布林贝赫先生本人。2001年，北京大学举办了东方学国际研讨会，我作为专业负责人邀请巴·布林贝赫、齐木德道尔吉、白·特木尔巴根、乌其拉图等蒙古族学者们参加研讨会。会议结束当天，学者们按计划要乘坐晚上的火车回到呼和浩特，当时距离发车还有半天时间。因为朝戈金的家在东城区，离北京西客站太远，我建议，如果巴·布林贝赫先生不介意，欢迎到我的家——当时北大青年公寓的一间小屋子休息，巴·布林贝赫先生欣然同意了。巴·布林贝赫先生到了我家，我爱人——也是巴·布林贝赫先生的学生乌日古木勒问老先生想吃些什么。先生说："不要麻烦了，我吃一碗羊肉面条就行了。"巴·布林贝赫先生的平易近人、和蔼可亲让我们备感亲切和感动。乌日古木勒说，她看着午休时熟睡的巴·布林贝赫先生，想起了她的父亲，悄悄地落下了眼泪。那是一个安详的下午，我们家来了一位尊贵的客人，他是一位诗人、学者，更是一位慈祥的老人……

巴·布林贝赫先生的《蒙古英雄史诗诗学》一书出版的时候我正在北京师范大学师从钟敬文先生攻读博士学位。我的博士论文是研究东蒙古英雄史诗的，因此《蒙古英雄史诗诗学》理所当然地成了我写博士论文重点参考的蒙古英雄史诗研究方面的理论著作，曾反复研读过多次。关于《蒙古英雄史诗诗学》在蒙古诗歌理论和蒙古史诗理论方面的学术价值和贡献，朝戈金先生在他的序言中已经说得相当系统和透彻了，我在《史诗研究的诗性表达及其迻译的难度——以巴·布林贝赫〈蒙古英雄史诗诗学〉为例》一文中也详细谈过了，这里就不再赘述了。

我不顾自己才学有限，提出翻译《蒙古英雄史诗诗学》是
很多年前的事情。听了我的想法后，巴·布林贝赫先生热情地
鼓励了我，同时也同我谈了翻译的难度。受到鼓舞的我下定决
心一定要把老先生的学术经典高质量地翻译出来，这项任务光
荣又艰巨。但是因工作繁忙和其他课题任务缠身之故，一晃很
多年过去了，我还是没有把《蒙古英雄史诗诗学》翻译出来，
巴·布林贝赫先生却已于2009年驾鹤到"布日罕乃奥闰（西天
佛地）"去了。未能在巴·布林贝赫先生生前翻译出版《蒙古英
雄史诗诗学》并将之亲手捧给他是我一生中的一大遗憾。为此
我也曾经多次责备过自己。今年是巴·布林贝赫先生诞辰90周
年，《蒙古英雄史诗诗学》无论如何也要翻译出来。经过前后一
年多的努力，今年三月份终于完成了翻译初稿，终于对巴·布
林贝赫先生的在天之灵有了一个迟到但并不算太晚的交代。

《蒙古英雄史诗诗学》全书共八章，翻译工作分工如下：第
一章"导论"、第六章"人与自然的深层关系"、第七章"文化
变迁中的史诗发展"、第八章"意象、韵律、风格"由我翻译；
第二章"宇宙结构"、第四章"黑白英雄形象体系（二）"由阿
勒德尔图译出初稿，我负责修订、定稿；第五章"骏马形象"，
由我在朝戈金旧译文的基础上补充、修订、定稿；第三章"黑
白英雄形象体系（一）"和"后记"由玉兰翻译。除此之外，
玉兰还协助我校对全书，并制作"术语对照表"，编写"译者
注"。翻译初稿完成时，正值我开设博士生的专业课"东方史诗

专题研究"之际，我就把书稿打印装订了 5 本，发给学生们阅读学习并校对书稿和指出各种错误。我的博士生宝德楞、徐驰、程雪和玉兰认真地逐字逐句地阅读了书稿并指出了很多明显的错误及翻译不统一的地方，最后由玉兰汇集进行统一修改。特别是宝德楞同学精心校对书稿并核对黑格尔《美学》，指出原著引文中的疑点，并且撰写了书评。学生们在积极参与《蒙古英雄史诗诗学》的翻译、校对工作和课程讨论的过程中，不仅学到了蒙古史诗的学科知识，了解了巴·布林贝赫先生的蒙古史诗美学研究理论，同时也完善了我的翻译工作。在此，感谢青年学者阿勒德尔图和我的学生们，特别感谢玉兰协助我完成全书的校对、编制"术语对照表"以及编写"译者注"等工作。

朝戈金先生通篇审读了《蒙古英雄史诗诗学》并提出了很多重要的修改意见，并且就几个核心概念和术语与我反复讨论过，编制"术语对照表"附在书后的想法就是在我与朝戈金先生讨论的过程中产生的。在此要感谢朝戈金先生为《蒙古英雄史诗诗学》一书翻译出版工作给予的大力支持和所费的心力。中国社会科学院民族文学研究所蒙古文学研究室的斯钦巴图、乌纳钦、包秀兰等学者也积极参与了书中名词术语的讨论，提出了很多中肯的建议，对统一名词术语的翻译和提高书稿质量做出了贡献。内蒙古大学青年教师冯文开副教授也帮我审读了书稿并提出了修改意见。更重要的是，《蒙古英雄史诗诗学》汉译本遇到了责任心很强、水平很高的责任编辑。该书责任编辑张林、刘健煊先生认真审读全书书稿，并对译文进行了让人叹服的修改，使文字更加顺畅，语法更加严谨，也大大提高了书稿的质量。在此，衷心感谢中国社会科学出版社的领导和责任编辑为高质量出版《蒙古英雄史诗诗学》汉译本做出的贡献。

《蒙古英雄史诗诗学》是著名诗人巴·布林贝赫撰写的一部诗学著作，著作本身既有深邃的学术内涵，又具有闪着诗歌智慧之光的语言艺术高度。我们忠实地逐字逐句翻译了全书，注意概念术语的准确翻译和内容的完整表达，没有做任何改编和删减。同时，我们也为保持巴·布林贝赫先生简明扼要、朴素无华但充满诗意的清新语言风格做出了最大的努力。但是，因为《蒙古英雄史诗诗学》本身的深刻内容和语言特征，我们的翻译还远远没有达到"完美"的程度。但是我们相信，我们基本上实现了准确无误地把巴·布林贝赫先生的蒙古史诗美学研究理论思想传达给广大的热爱蒙古史诗的读者和从事史诗学乃至民族文学、民间文学的专家学者及学子的翻译目标和初心。至于是否达到了翻译文学性很强的学术著作的"信达雅"标准及境界，就只能让读者做出各自的评判了。

陈岗龙

2018 年 9 月 26 日

于北京大学燕北园